極剣のスラッシュ
"SLASH" WITH THE ULTIMATE SWORD SKILL

ジョブ

魔物と戦うために神々に与えられた力。「初級」「中級」「上級」と成長し、一握りの天才のみが「固有ジョブ」に覚醒する。ジョブに応じて使えるスキルなどが変わる

【神骸迷宮】

世界最大の迷宮。内部には魔物が出現し、ドロップするアイテムなどを求め多くの探索者が攻略に挑む。深い階層ほど攻略難易度は高まり、現時点で攻略された最深層は45層

【封神四家】

【神骸迷宮】を生んだ邪神の骸の封印を維持するため、神々に特別な力を与えられた血統。北のカドゥケウス、東のグリダヴォル、西のキルケー、南のアロンの四家がある

スタンピード

迷宮から魔物が溢れ出す大災害。一年前のスタンピードでは、「核」たる災厄級の魔物を中心に、多くの魔物が排出されたが、「核」が《極剣》に討伐されたことで終息した

FIONA ACKERMAN
フィオナ・アッカーマン
ソロの探索者として活躍する美貌の女剣士。固有ジョブ『剣舞姫』に覚醒した有数の強者として名を馳せる。アーロンが自身を弟子扱いするのは認めていないが、彼の教えには素直に従う一面も
「何で私がアーロンのために
無茶しなきゃいけないのよ」

EVA KIRKE

エヴァ・キルケー

【封神四家】のキルケー家令嬢にして、次期当主筆頭と名高い女性。一年前のスタンピードの真相を探るため【神骸迷宮】踏破を目指す。アーロンの実力を見込み、《迷宮踏破隊》にスカウトする

「あらぁ？　私、別にそれがアーロンさんだなんて
一言も口にしていませんけれど？」

極剣のスラッシュ
～初級スキル極めたら、いつの間にか迷宮都市最強になってたんだが～

天然水珈琲

ファンタジア文庫

3373

口絵・本文イラスト　灯

CONTENTS

I'd mastered too much of the basic skill, and before I knew it,
I was the strongest in the labyrinthine city.

005 プロローグ
「パーティー追放の危機だろう」

016 第1話
「俺たちの友情は永遠に不滅だ」

068 第2話
「感謝している。この話を教えてくれて」

127 第3話
「目的は【神骸迷宮】の完全踏破となる」

207 第4話
「見せてやるよ……最強ってやつをな」

306 エピローグ
「まさか……奴があの《極剣》だったとは、な……」

"SLASH"

WITH THE ULTIMATE SWORD SKILL

プロローグ「パーティー追放の危機だろう」

俺の名前はアーロン・ゲイル。十五歳。世界最大の迷宮を擁する、世界最大の都市【神《しん》骸《がい》都市ネクロニア】で、迷宮探索者として働く一人だ。

といっても探索者になったのは半年前で、まだまだ新人と呼ばれる立場。

それでも俺――いや、「俺たち」は、新進気鋭のパーティーとして界隈《かいわい》ではそこそこ名も知れるようになっていた。

探索者パーティー《栄光の剣》。

新人が名乗るにしては名前負けしすぎているが、最近ではそのことでからかわれることも少なくなってきた。

何しろ、俺たちはすでに【神骸迷宮】の9層までを突破し、今まさに10層を突破しようとしているのだから。

10層と言えば探索者の下級と中級を隔てる最大の壁と言われている。

どうしてもここを突破できずに、ずっと下級で燻《くすぶ》っている探索者も多い。

10層より下へ行けるかどうかで、探索者の未来は変わる。

ゆえに、気合いも入ろうってなもんだ。

「──アーロン！」

「任せろ！」

10層、最奥《さいおう》の間。

俗に「ボス部屋」と呼ばれる場所で、中級への壁、その最後の試練に挑んでいた。

ボス。守護者。番人。

呼び方は色々あるが、要するに下層へ続く階段を守護する魔物だ。

そして10層の守護者は牛頭《ごず》人身の巨大な魔物──「ミノタウロス」

身長は三メートルを優に超え、体軀《たいく》は鋼を束ねたような隆々とした筋肉に鎧《よろ》われている。

右手にはまさに「鉄塊」とでも評したくなるような巨大な戦斧《せんぷ》を握っていて、それを小枝でも振るかのように軽々と振り回す。

厄介な魔法やスキルを使わない単純な相手とはいえ、繰り出される戦斧の一撃は下級の探索者にとってはどれも一撃必殺の威力を誇る。

強敵だ。

僅かな油断が、即、死に繋《つな》がる。

だが、負ける気はしなかった。

俺たち《栄光の剣》のリーダーたるリオンの指示を受けて、俺は前へ飛び出す。

「――ブモォオオオッッ‼」

体の芯まで震わせるような雄叫《おたけ》び。

大上段から振り下ろされる戦斧の一撃。

強力な攻撃だが、それゆえに動きは読みやすい。

跳躍するように右斜め前方へ進行方向を変え、致死の一撃を回避した。

俺のすぐそばを通り過ぎた巨大すぎる鉄塊が、古代の神殿のような石造りの床を叩《たた》き、爆発のごとき轟音《ごうおん》と共に最奥の間を震わせる。

しかし、それに俺が萎縮することはない。

戦意に昂《たかぶ》った精神は、死の恐怖さえも興奮に変える。

攻撃の直後、奴《やつ》に生じた一瞬の硬直。

その隙を見逃すことなどありえない。

俺はすでに間合いの内に、奴の巨体を捉えていた。

「スゥウウラァアアアアッシュッ‼」

剣技――【スラッシュ】

両手に握った長剣を振り抜く。その剣身を青いオーラが覆い尽くし、薄暗い地下で斬線を鮮やかに煌《きら》めかせる。

防具の類いを身につけてはいなくとも、ただその筋肉によって、生半可な矢も剣も弾《はじ》き返す。それがミノタウロスという魔物だ。

だが、オーラによって斬撃の切れ味を何倍にも強化した俺の一撃は、人一人分もあるミノタウロスの左足を、深く深く斬り裂いた。

鮮血が派手に噴き出し、ミノタウロスが苦痛に雄叫びをあげる。

足は潰した。これで奴は満足に移動することもできない。

「ヨシッ！　全員で畳み掛けろ！」

リオンの指示でパーティー全員での総攻撃に移る。

放たれた弓矢がミノタウロスの片目を潰し、ファイアボールが着弾と同時に奴の全身を舐《な》めるように広がる。死角に回り込んだ仲間がオーラを纏《まと》った槍《やり》を突き刺し、リオンが真正面から奴の首を剣で斬り裂く。

それで終わりだった。

探索者たちの前に立ちはだかる、最初の壁とも評されるミノタウロスは、俺たち《栄光の剣》の前に呆気《あっけ》なく敗れ去った。

「ばーか、ミノタウロスがそれくれぇで死ぬかよ」

「いや、俺の矢がミノタウロスの片目射貫《いぬ》いたの見た？　あれがトドメだったろ？」

「まあ、俺にかかればこんなもんさ」

「ナイスだったぜ、アーロン」

「意外と余裕だったな」

戦闘が終わり、軽口を言い合う俺たちの前で、絶命し倒れ伏したミノタウロスの巨体が、徐々に魔力へ分解されていく。

地上の魔物とは違い、迷宮の魔物は死んだ後に骸《むくろ》が残ることはない。

魔物は死んだ後、魔力となって迷宮へ還元され、その一部は近くにいる生物（大抵は倒した探索者たち）に吸収される。

この魔力を吸収することで、俺たち探索者は魔力容量を増やすことができるのだ。

そして魔力に分解された魔物は、魔石と様々な素材やアイテムをドロップする。

それが探索者が迷宮へ潜る最大の理由である。素材は様々な魔道具や魔法薬の材料になり、魔石は魔道具を動かす燃料になる。

「お、戦斧がドロップしたぞ」

リオンがミノタウロスが消えた床の上を見つめて、嬉《うれ》しそうに言った。

「レアドロップか。幸先《さいさき》良いねぇ」

仲間の一人が言う通り、ミノタウロスが戦斧を落とすのは珍しい。

「よっしゃ！　この調子でどんどん進もうぜ！　とりあえず11層には行くだろ？」

「まあ、攻略するのは後日だけど、見るだけ見ていくか」

そうしてこのまま11層を見てから地上へ帰還することを決め、俺たちはミノタウロスのドロップアイテムを回収して動き出――そうとして。

だが、その前に、リオンが声をあげた。

「ちょっと待ってくれ。俺、今の戦闘で新しいスキル覚えたかもしれん」

「マジ？　俺もそんな気がしてたんだけど」

「俺もちょっと確認してみるわ」

俺たちのような「戦闘系ジョブ」を持つ探索者は、強敵と戦うことによってジョブの性能を成長させ、さらに新しいスキルを覚えることがある。

ジョブの成長は、ジョブによる身体能力などの補正が強化されたり、新しいスキルを覚えることで間接的に確認することができる。

明確な数値や文字などで確認はできないのだが、二つだけ例外があった。

一つは「ジョブ進化」が可能になった時。

現在のジョブが限界まで成長し、なお個人に成長の余地がある場合、ジョブは教会で儀式を受けることによって進化させることができる。

この場合、左手の甲にそれを知らせる「白い」紋様が浮かび上がる。ちなみに紋様の形はジョブの種類によって決まっている。

そしてもう一つ、左手の甲に「黒い」紋様が浮かび上がった場合だ。

ジョブをどこまで成長させられるか、どれくらいのスキルを習得することができるのか、あるいは何回ジョブを進化させることができるのか。

その全ては、個々人の「才能」によって決まっている。

多くの場合は「初級ジョブ」から一度進化した「中級ジョブ」で成長が止まる。

極一握りの者だけが「上級ジョブ」に至り、その中でもさらに一握りの天才たちが「固有ジョブ」に覚醒する。

多くは中級。そして――極々一部は、「初級ジョブ」で成長が止まる場合もある。

この成長が止まることを「才能限界」と呼び、「才能限界」が訪れた時、左手の甲に「黒い」紋様が浮かび上がるのだ。

「なあ、リオン」

「ん？　どうした、アーロン？」

「ああ、ちょっと、皆も聞いてくれ」

「何？　どうした？」

俺はふっと笑いながら、《栄光の剣》の素晴らしい仲間たちに声をかけた。

「思えば、俺たちも色々あったよな」

「どうしたいきなり？」

「頭でも打ったか？」

「探索者ギルドに登録した日に、たまたま出会った俺たちでパーティーを組んでよぉ」

「こっちの話を聞いてないぞ」

「最初は喧嘩《けんか》なんかもしたよな。でも、俺たちは強い友情の絆《きずな》で結ばれていた……」

「なんか語り出したんだが」

「どんな困難を前にしても、俺たちは決して諦めず、友情と努力を武器に勝利を収めてきた！　そして今日、遂《つい》に中級の壁と言われた10層を突破した！　俺は思う！　俺たちは最高の仲間だ！　最高のパーティーだ‼」

俺の熱の籠った言葉に、リオンたちは誰ともなく顔を見合わせ、照れ臭そうに笑った。

「へへっ、なんだよ」

「今さらだぜ。そんなの当たり前だろ？」

「ああ、俺たち以上のパーティーはいねぇよ」

「このまま俺たちで進んでやろうぜ。この迷宮をどこまでもよぉッ‼」

仲間たちの熱い言葉に、俺は頷《うなず》いた。

目頭が熱い。やっぱり俺たちは最高の仲間だぜ。

だからこそ、問う。

「なあ、俺たち、ズッ友だよな？」

「何言ってんだよアーロン。そんなの当たり前だろ？」

「わざわざ馬鹿なこと聞きやがって。……ず、ずっと友達に、決まってんだろ？」

仲間たちの言葉に、俺は安堵《あんど》した。

ならば何も問題はない。俺たちは、ズッ友なのだから。

「そうか、その言葉を聞いて、安心したよ」

俺は頷き、そして続けた。

「そういえば、大した話じゃないんだけどさ」

「おう、どうした？」

「俺、『才能限界』が来ちゃったみたい」

仲間たちに左手の甲を見せると、そこには「黒い」紋様が浮かんでいた。

俺のジョブは「初級剣士」。

初級の戦闘系ジョブだと普通、個人によってバラつきはあるが、五個くらいのスキルを習得する。しかし、俺はまだ【スラッシュ】しか習得していなかった。

対して仲間たちは、すでに三～四個ほどのスキルを習得し、中級ジョブへの進化も目前と思われる。

仲間たちと比べて成長の遅い自分に、前々から「まさか」とは思っていたのだ。

だが、それにしたって、あまりにも早すぎた。初級ジョブ、それも習得スキルが一つしかないなんて、逆の意味で稀少《きしょう》すぎる。

はっきり言ってショックだ。何かの冗談だと思いたい。

普通ならばパーティー追放の危機だろう。

だけど、大丈夫だ。問題はない。

なんせ俺たちは、ズッ友なんだからよぉッ‼

第1話　「俺たちの友情は永遠に不滅だ」

「――というわけで、アーロン君は《栄光の剣》を卒業することになりました！」

わー！　パチパチ！

【神骸都市《しんがいとし》ネクロニア】の一画、探索者ギルドから程近い安酒場の中で、リオンがエールの入った杯を掲げながらそう言った。

同じテーブルに着いた《栄光の剣》のメンバーたちが、白々しくも拍手をして追従する。

俺は両の拳をテーブルに勢い良く叩《たた》きつけ、この憤懣《ふんまん》やるかたない気持ちを吐き出した。

「ズッ友だと思ってたのによぉおおおッ！　この裏切り者どもがッ‼」

10層の番人、ミノタウロスを倒して迷宮から帰還し、それからすぐの話である。

あのボス部屋で確かめ合った友情は幻だったかのごとく、こいつらは俺に「才能限界」が訪れたと知るやいなや、あっさりと手のひらを返しやがった。

いつものように迷宮で手に入れた魔石やアイテムを探索者ギルドで売却すると、そのまま俺のパーティー登録の解除申請を出したのだ。

探索者パーティーの登録は、パーティーメンバーの過半数以上の申請があれば、本人の許可なく解除することができる。

俺以外の全員が解除申請に賛同したために、俺は為《な》す術《すべ》もなく《栄光の剣》のメンバーから外されてしまったのだ。

「いやいや、アーロン、裏切り者って言うけどよぉ」

リオンが「まあまあ」とでも言うように手を動かしながら、

「俺たちはお前のためを思ってパーティーから外したんだぜ？」

そうだそうだ、と仲間たちが頷く。

まるで自分たちは悪くない、とばかりの態度。

こいつらに非があるかどうかは……置いておくとして、俺には言いたいことがある。

「ふざけんな！　俺たちはズッ友じゃなかったのかよッ⁉　俺たちの友情は、絆は、たかが『初級剣士』で『才能限界』になったくらいで失われる程度のものだったのかよッ⁉　違うだろおい⁉　俺たちの友情は永遠に不滅だろ⁉」

リオンたちとパーティーを組んでから半年、色々なことがあった。

迷宮に潜ったり、下らないことで殴り合いの喧嘩をしたり、運良く宝箱を見つけたり、それで得た大金を手に童貞どもが揃《そろ》って娼館《しょうかん》へ行ったり……とても一言では言い表せない。友というよりも穴……いや、色んな意味で兄弟に近い存在だ。

そう、思ってたのによぉ……ッ‼

「確かに俺たちの友情は、永遠に不滅だ」

リオンは俺が責めるのに堪《こた》えた様子も見せず、真面目くさった表情で言う。

「俺たちがある意味で兄弟であることも、ずっと変わらない事実だ。でも……だからこそだ。分かるだろ、アーロン？」

「…………くそッ」

俺は諦めて悪態を吐き捨てた。

分からないはずがなかった。こうなることは分かっていた。

すでに成長が止まってしまった俺と、まだまだ成長の余地があるリオンたち。

リオンたちはこの後も、さらに迷宮の深層を目指すだろう。だけど、俺ではそれについて行くことはできない――ということが。

それでもなお、無理について行こうとすれば、きっと俺は死ぬことになる。

いや。俺が死ぬのなんてどうでも良い。一番最悪なのは、俺がリオンたちの足を引っ張って、無用な危険に晒《さら》してしまうことだ。俺のせいでリオンたちを死なせてしまうことだ。

そんなことになれば、きっと俺は自分で自分を許せないだろう。

だから、こうなることは必然。俺だって本気で駄々を捏《こ》ねていたわけじゃない。

「分かってんだよ……でも、楽しかったんだよ……」

声が震える。俯《うつむ》いた顔を涙が伝った。鼻水まで出て、顔はもうグシャグシャだ。

――楽しすぎた。

こいつらとパーティーを組んで、バカをやって、はしゃいでいるのが楽しすぎた。

だから、別れがたく思ってしまったのだ。

こんなにも楽しい毎日が終わってしまうのが、寂しくてたまらなくて、結末は分かっているのに縋《すが》りつこうとしてしまった。

たぶん、コイツらと出会わなければ、俺は未《いま》だに……、

「へっ、何泣いてんだよ、アーロンバカ野郎」

似合わない俺の思考を、仲間たちの声が遮る。

顔を上げると、全員が涙を堪《こら》えるような、不細工な顔をしていた。

「言っただろうが、俺たちの友情は永遠に不滅だって」

「そうだぜ。何たって、俺たちは一人の女を巡って争った仲じゃねぇか」

「アイラちゃん（娼婦《しょうふ》）の指名争いだけどな」

「ちな、アイラちゃんと結婚するのは俺だけどな」

リオンたちの軽口に、完全に繋《つな》がりが失われるわけではないと思えた。

少なくとも今は、こいつらも俺のことを友だと思ってくれているはずだ。

だから泣くのはもう止《や》めよう。

俺は涙を拭い、笑みを浮かべて、言った。

「アイラちゃん、今度結婚するってよ」

なぜか今日一番の悲鳴があがった。

ざまあみろ。

●○●

「──で、これからどうするんだ、アーロン？」

俺の壮行会という建前の飲み会は、宴もたけなわといったところだった。

その頃になって、リオンが俺に問う。

「一般系か生産系のジョブに転職するんだろ？」

いや、それは問いというよりも、確認といった方が正しいかもしれない。

ジョブというのは神々から非力な人間に与えられた力だ。

だが、種類としては戦闘系のジョブは少ない部類だろう。

人間の社会や文明を――ひいては戦う者たちを支えるためには、戦う者たち以上の生産力が必要だ。

ゆえに、神々から与えられるジョブには戦闘系以外の「一般系」と「生産系」がある。

教会へ行けば「初級剣士」である俺でも、今のジョブの力を失う代わりに、どちらかのジョブを得ることができる。

「商人」や「大工」や「鍛冶師《かじし》」や「農民」など、細かい区分こそ選択することはできないが、転職したジョブで才能が開花することも十分にあり得るはずだ。

リオンは当然、俺が探索者を辞めるという前提で聞いている。

「いや、転職はしねぇ」

だが、俺は探索者を辞めるつもりはなかった。

「お前………死ぬぞ？」

リオンは俺の返答に目を見開き、何かを躊躇《ためら》うように口を開閉させた後で、そう言った。

周りで話を聞いていた仲間たちも、雑談を止めてこちらを注目している。

やはり、俺の返答が予想外だったのだろう。

「そうかもな」

俺はあっさりと頷いた。

「初級剣士」で「才能限界」が訪れ、おまけにスキルは【スラッシュ】しか覚えていない。

そんな俺をパーティーに入れてくれる探索者など、探したところでいるわけがない。

だから、俺はこの先、二度とパーティーは組めないかもしれない。ずっとソロで活動することになるだろう。少なくとも、その覚悟は必要だ。

そしてソロの探索者なんて、ただでさえ死亡率の高い探索者たちの中でも、真っ先に死ぬ確率の高い存在だろう。

――間違いなく死ぬ。

そう思っておいた方が良い。

それでも、俺は探索者を辞めるつもりがない。

「まだ、恨んでるのかよ？」

リオンの問いは、気遣わしげだった。

誰にも触れられたくないことはある。そんな心の柔らかい部分に、あえて踏み込むからこその遠慮。

しかし、俺は努めて笑顔で返した。

「恨むったって、もう相手がいねぇよ。そんな真面目な話じゃねぇ。ただ……」

恨みとか復讐《ふくしゅう》とか、そんな理由で探索者を続けようというのではない。

それは本当だった。だけど、この後に告げた言葉は、半分だけ嘘《うそ》だ。

「ただ……探索者の方が金を稼げるだろ？　俺は金が大好きだからな」

探索者は命をかける職業だ。その危険度は他のあらゆる職業を遥《はる》かに上回る。

高位探索者たちの煌《きら》びやかな活躍の陰で、六割の探索者たちが人知れずに死んでいく。

無事に探索者を辞めることができれば、かなり上等な部類だろう。

それでも探索者となる者は多い。

なぜなら、稼げるからだ。

地縁や血縁、コネがなくとも、それこそ孤児であったとしても、才能と実力さえあれば稼いで成り上がることのできる、ほぼ唯一と言っても良い職業――それが探索者だから。

「まあ、とは言っても安心しろよ。さすがに金目当てに深い階層に行ったりはしねぇ。しばらくは2～3層の浅い場所でチマチマ稼ぐさ」

おどけたように話す俺に、リオンはずっと眉間に皺《しわ》を寄せたままだ。

迷宮の浅い場所でも、何とか生きていくくらいは稼ぐことができる。それでも危険に変わりはないし、生きるか死ぬかは運次第。そして何度もサイコロを振っていれば、必ず出目の悪い時が来る。

「金……金か……」

「そう、金のためだ」

「そうか……なら、仕方ねぇのかもな」

リオンも、他の仲間たちも、それで言いたいことを呑《の》み込んだ。

なぜなら全員、知っているから。

俺たちみたいな探索者にとって、金というのは常に命の次くらいには大事な物だ。時に、それは分が悪い賭けであっても命をベットするのに値する。

それに今さら転職したところで、まともに稼ぐことができるかどうか。

職人の道へ行くなら弟子入りしないとならないが、コネもなしに拾ってくれる工房があるかは分からない。農民系のジョブを得たとしても、そもそも農地などあるわけもない。

ならばこのまま浅い階層をうろつく最底辺であっても、探索者を続ける選択肢は普通に「あり」なのだ。

「まっ、しばらくは貧乏暮らしになるだろうし、稼いだら奢《おご》ってくれよ」

暗い雰囲気を払拭《ふっしょく》するように殊更明るい調子で言う。

リオンもそれに乗り、ニヤリと笑って杯を掲げた。

「なら、哀れな貧乏人に恵んでやるとするか。ただし、俺らが貧乏じゃない時にな」

「そいつぁ期待できそうもねぇな」

この日、俺たちは店が閉まるまで笑い合いながら過ごしたが、それはどこか作り物めいた白々しさを感じさせた。

俺を含めて全員が、遠くない未来に俺の死を予感していたからだ。

だが、結論から言うと——その予感は外れることになった。

●○●

【神骸迷宮《しんがいめいきゅう》】1層から5層までは、蟻《あり》の巣のような洞窟が縦横無尽に広がっている。

内部は通常の洞窟のように暗闇に覆われているわけではなく、壁面などに自生する迷宮ヒカリ苔《ごけ》が光源となって、薄明るく照らされていた。

とはいえ、視界が利《き》くからと言って油断はできない。俺のようなソロ探索者は、自分一人で常に警戒し続ける必要がある。

「一人で迷宮を歩くのは……そういや、初めてか」

迷宮の1層を奥へ向かって歩きながら呟《つぶや》く。

今までならば頼れる仲間たちがいたが、それも一昨日《おととい》までの話。不安はあれど、迷宮で稼がなければ生きていけない身の上だ。

だから覚悟を決めて、俺は迷宮を進んでいく。

だが、しばらくの間は下の階層へ向かうつもりはない。1層にいる内に、一人での戦闘に慣れなければいけないからだ。

【神骸迷宮】は下の階層へ降りるほど、出現する魔物は手強《てごわ》くなっていくが、1層に出現する魔物は弱い。

戦闘系ジョブに就いていれば、誰でも勝てる魔物ばかりだが……しかし、それは1層で死亡する者が少ないことは意味しない。

【神骸迷宮】第1層に出現する魔物は、全部で四種類。

芋虫の魔物ビッグ・キャタピラー。蛇の魔物ポイズン・スネイク。蝙蝠《こうもり》の魔物ヴァンパイア・バット。そして子供程度の体軀《たいく》をした人型の魔物ゴブリンの四種類だ。

もしかしたら、この中で一番倒しやすい敵はゴブリンかもしれない。

それなりに大きく、攻撃を当てやすい上に、人型なので動きを読みやすいからだ。それでも武器も使えば知恵もあるので決して油断ならない敵だが……。

「流石《さすが》に今さら苦戦するわけないけどな」

これでもミノタウロスを仲間たちと倒せるくらいの実力はあるのだ。

いくら才能がないとは言っても、今さら1層の魔物に苦戦するほど弱くはない。

「ギャギャ！」

洞窟の曲がり角から魔物が現れ、こちらに気づいて駆け寄って来る。その姿は薄汚れた緑色の肌に禿頭《とくとう》。鷲鼻《わしばな》に黄ばんだ乱杭歯《らんぐいば》。横に長く垂れ下がった耳に、体には汚い腰ミノのみと、まさにゴブリンゴブリンしたゴブリンだ。ゴブリン以外の何者でもない。

奴《やつ》は獲物を見つけたとでも言うように嗜虐《しぎゃく》的な光を瞳に宿して、手にした棍棒《こんぼう》を武器に接近してくる。

殺意満点の敵を前に、俺は腰の剣帯から吊《つ》った長剣を静かに抜き放ち、自分自身に改めて気合いを入れた。

そうしてから駆け出す。

彼我の距離が縮まり、ゴブリンが間合いに入った瞬間、剣を振り抜いた。

――【スラッシュ】

青い軌跡を描いて斬撃はゴブリンの首を通り過ぎ、その頭部を斬り飛ばす。

それは当然の勝利であり、喜びはない。

勢いのままに地面を転がったゴブリンの骸《むくろ》が魔力に還元されていくのを眺めながら、俺は緊張していたのかもしれない。

果たして自分一人だけで、これから先やっていけるのかと。

リオンたちと別れてソロになってからも、俺は迷宮に潜り続けた。

1層、2層、3層あたりで同じ魔物だけを狩り続ける。最初の二年はずっとそんな調子で、4層には向かわなかった。

というのも、4層からは基本的に魔物が群れを作っている。だからソロでは危険なのだ。対して、3層までなら群れを作っていることは皆無ではないが、少ない。

比較的安全な場所で、雑魚《ざこ》だけを狩り続けるソロの探索者。

しかもその左手には「初級剣士」で才能限界を迎えたことを示す、特徴的な黒い紋様――「初級限界印」と呼ばれる――が浮かんでいる。

となれば、探索者界隈《かいわい》で俺のことが噂《うわさ》にならないはずがなかった。

――「才無し」

いつしか俺は、そう呼ばれるようになっていた。

他の探索者たちにバカにされ、嘲笑されるのはムカついたが、俺は努めて気にしないようにした。

大人だ。大人になるんだアーロン・ゲイル。どうせあんな奴らは迷宮ですぐに死んじまうさ。そんな奴らに怒ったところで無駄ってもんだろ？　だからここは大人の余裕を見せつけておけば良いのさ。

俺は酒場で安酒を呷《あお》りながら、自らにそう言い聞かせていた。

「お、見ろよお前ら。才無しのクソ雑魚野郎が飲んでやがる」

「てめぇぇえええあああぁッ‼　上等だ死ねやぁああああああッ‼」

――という感じで、乱闘に発展した挙げ句、酒場を出禁になったのも良い思い出だ。

ともかく、俺は誰に何と呼ばれようが、迷宮に潜り続けた。

浅い階層の魔物が落とす素材は単価が安いため、稼ぐためには数を狩らなきゃならない。ひたすらに魔物を探し回り、一撃で倒すために【スラッシュ】を叩《たた》き込んでいく。

もしも「中級剣士」くらいのジョブ補正があれば、スキルを使わなくても浅い階層の魔物くらい一撃で倒せるのだが、残念ながら俺はそうではない。

無用な反撃。無用な危険。それらを極力排除するためには、【スラッシュ】で確実に倒していくしかなかった。

だが、スキルを使えば魔力を消費する。攻撃に魔力を消費しなければならないとなれば、継戦能力は低下する。一日に狩れる魔物の数も限られてくる。

危険を承知でスキルを使わないという手もあったが、俺は【スラッシュ】を使い続けた。

雑魚とはいえ魔物を倒し続ければ、魔力は勝手に増えていくし、迷宮では避けられる危険を許容した奴から死んでいくのだ。

そして結論から言えば、俺の選択は正しかった。

【スラッシュ】を使い続けることそのものが、俺を強くしてくれたのだ。

「スキルの熟練」と呼ばれる現象がある。

同じスキルを何度も繰り返し使い続けた時、そのスキルを発動するための消費魔力が減少したり、威力が向上したりする現象のことだ。

そもそもスキルというのは、誰が使っても同じ効果を発揮するような、そんな画一的な技ではない。

本来は神代の英雄たちや神々が使っていた技能を、才能に拘《かか》わらず誰でも使えるようにしたものがスキルだと聞いている。

それは技術であり、そこには熟練する余地がある。

たとえ最も基本的な剣技スキルと言われる【スラッシュ】であっても、それは同じだ。

そして一年。

たった一つしかスキルがないゆえに、【スラッシュ】だけを繰り返し使い続けた俺には、明らかな変化が生じていた。

まず、最初の頃は三十体も魔物を狩れば、魔力が枯渇《こかつ》していた。

だが一年経《た》った頃には、百体の魔物を狩っても魔力が切れることはなくなっていた。

それは魔物を倒し続けて魔力を吸収し、最大保有量が上昇したのも理由の一つだろう。

しかし、雑魚しか狩っていない俺では、そこまで大きな変化が起こるはずはなかった。

となれば、残る理由は一つしかない。

【スラッシュ】を熟練することによって必要な魔力量が減少したのだ。

他の真っ当な探索者たちと比べれば、如何《いか》にも小さな変化だろう。だが、それは小さくはあれど、確実に進歩と呼んでも良い変化だった。

俺は【スラッシュ】し続ける。

そして三年が経った。

一人での戦闘にもずいぶんと慣れた。

弱い魔物相手であれば、一撃で確実に倒すことができる。それが群れであっても、立ち回りを工夫することで、危なげなく勝利することができるようになった。

浅い階層で生活のために日々魔物を狩り続ける。危険だが単調な日々。

だが、確実に【スラッシュ】は進化を遂げていた。

通常、【スラッシュ】というスキルは、剣を振った瞬間に剣身を魔力のオーラが覆うことによって、斬撃の切れ味と威力を高めるスキルだ。

剣をオーラが覆うのは攻撃のための僅かな時間だけである。

しかし、俺は意識的にその時間を長くすることに成功した。

攻撃の瞬間じゃなくても、常にオーラを剣に留《とど》める。それは単に魔力の無駄に思えるが、そうではなかった。

オーラに覆われた長剣は、刃《やいば》の部分じゃなくても触れるものを弾《はじ》いた。

ゴブリンどもの投石や弓矢の攻撃だけではない。群れの中に時折混じる上位種、ゴブリン・メイジが放つ魔法の攻撃さえも、オーラは弾いてみせたのだ。

それは【パリィ】と呼ばれる剣技スキルと、ほとんど同じ効果だった。

それまで回避するしかなかった魔法攻撃への対処法が増えたことによって、戦闘は格段に楽になる。

俺は5層の最奥《さいおう》の間へ進み、配下を従えたゴブリン・キングを倒した。


そして六年が過ぎる。

この頃になって、俺はかなり「自由」に【スラッシュ】を使えるようになっていた。

オーラの刃へさらに魔力を籠《こ》めることによって、斬撃の威力を飛躍的に高めることに成功した。

斬撃と共にオーラの刃を剣から分離し、敵へ向かって飛ばすこともできるようになった。

それらは通常であれば、【ヘヴィ・スラッシュ】や【フライング・スラッシュ】と呼ばれるべきものだろう。

だが、俺が使っているのは飽くまでも【スラッシュ】のはずだ。

しかし、【スラッシュ】を熟練する内に俺も気づいていた。

【スラッシュ】には、全ての剣技に必要な極意が含まれている、と。

要するに剣技スキルとは、オーラを使った技術に過ぎないのだ。

体外に放出したオーラを時には留め、あるいは強化し、体から切り離して操作する。

剣技スキルとは、そういった技術の応用系に過ぎない。

【スラッシュ】を熟練することによってその性能が強化され、さらにはオーラの操作性が拡張されることによって、俺は覚えていない剣技スキルを模倣することができるようになっていった。

本来なら自動的に発動されるスキルの、マニュアル発動、とでも言うべき行為。【スラッシュ】を熟練することによってオーラを操作する感覚が摑《つか》めたからこそ、可能になった技術だ。

威力を強化した一撃に遠距離攻撃、そして【パリィ】もできるなら十分だろう。

かつて仲間たちと歩んだ道を、今度は一人で進んでいく。

6層から10層。「遺跡階層」と呼ばれる領域の、一筋縄ではいかない魔物を、5層以下の雑魚と同じように一撃で屠《ほふ》っていく。

不思議と、以前よりも楽に踏破して。

そうして、六年ぶりにミノタウロスの前に立った。

「久しぶりだな、ミノタウロスくん」

「――ブモォオオオオッ‼」

感動の再会。

万感の想《おも》いを込めた俺の挨拶に、ミノタウロスは再会の喜びを示すように、元気良く叫んだ。巨大な鉄塊のごとき戦斧《せんぷ》を振り上げて、興奮のままに俺を殺さんと駆けてくる。

対して俺は、その場から動かずに剣を一振りしただけだ。

我流剣技【重刃《じゅうじん》】、【飛刃《ひじん》】――合技【重飛刃《じゅうひじん》】

言うなれば【ヘヴィ・スラッシュ】と【フライング・スラッシュ】の合わせ技だ。

虚空《こくう》を切り裂いた斬線から飛び出すように、オーラで出来た巨大な刃が飛翔《ひしょう》する。

容易《たやす》く回避など出来ないほどの高速。

刃は真《ま》っ直《す》ぐに疾走してきたミノタウロスくんを捉えた。

袈裟《けさ》がけの斬線がミノタウロスの巨大な胴体に走り、直後、その巨体が両断される。

ミノタウロスくんは俺に戦斧を届かせるよりも遥《はる》か手前で力尽き、ずるりと巨体が二つに分かたれると、突進の慣性のままに石の床へと勢い良く転がった。

魔力へ還元されていくミノタウロスくんを見つめながら、俺はようやくここまで来たかと、過去を回想する。

この日、俺は六年ぶりに11層へ降り立った。

かつて仲間たちと一度だけ見た、草原が広がる階層に。

●○●

――《栄光の剣》を脱退してから、七年が過ぎた。

俺はソロで11層以降へ潜り、そこで戦い続けている。

もはや、普通に暮らすだけなら金の心配をする必要はない。

金は大好きだ。金は大切だ。金のために探索者になったと言っても、過言ではない。

だけど、それが理由の全てではなかった。

もう半分の理由のために、俺は迷宮へ潜り続ける。

そうして戦い続ける内に、俺の【スラッシュ】は更なる変化を遂げていた。

【スラッシュ】とは要するに、オーラへと変化した魔力で剣を覆い、そのオーラでもって対象を斬るスキルなのだ。この時、オーラに籠めた魔力が十分であれば、あるいはオーラが無駄なく練り上げられていれば、剣を使う必要はない。

【スラッシュ】で剣が必要になるということは、オーラの構成が甘く、オーラの刃だけで対象を斬り裂けていないのが原因だ。

熟練すれば真に【スラッシュ】のみで敵を斬り裂くことができる。

俺はすでに、その領域へと足を踏み入れていた。

手や足にオーラを集め、刃の形へと練り上げ、対象と接触した際に消耗するオーラ量を見積もって、必要なオーラを籠める。

少々特殊なジョブで覚えることができる【手刀】や【足刀】と呼ばれるスキルの模倣。

だが、ここまで出来るようになると、そもそも剣を持つ意味が薄れてくる。

もちろん、手足を武器に振り回すより、間合いの長い武器を振るった方が強いのは当然だ。間合いが長ければ、ただそれだけで有利だし、長い得物の方が先端部分の攻撃速度は飛躍的に向上する。それは単純に破壊力が高まるということを意味してもいる。

だが、真に【スラッシュ】だけで敵を斬り裂けるならば、わざわざ金属製の剣を持つ意味はない。極論すれば、棒切れを振るっても剣と同じ働きをさせることができるのだ。

俺は探索者となってから三代目となる愛剣（一代目、二代目は折れた）を武器屋に売り払い、訓練用に販売されている木剣を購入した。

試しに浅い階層で魔物を斬ってみたが、やはり問題はなく、オーラの刃さえしっかりと練り上げれば、金属剣と遜色ないレベルで魔物を斬れる。

なので、そのまま木剣を持って戦い続けた。

そんな俺の姿を他の探索者たちが目撃していたのだろう。いつしか、俺には「才無し」以外の二つ名が付いていた。

――「バカ」

いやちょっと待てよッ⁉

シンプルに侮辱だろうが⁉

はっきり言ってかなりムカついていたが、俺をバカバカ言う奴《やつ》ら全員に喧嘩《けんか》を売っていてはキリがない。

ここは俺が大人になって我慢すべきなのだろう。

大人だ。大人になるんだアーロン・ゲイル。奴らは俺の実力を見抜けない程度の人間なんだ。そんな体たらくでは、どうせすぐに迷宮で死ぬに決まっている。そんな奴らにいちいち腹を立てても仕方ないじゃないか。

俺は酒場で安酒を呷《あお》りながら、自らにそう言い聞かせていた。

「お、お前ら見ろよ。才無しのバカのクソ雑魚《ざこ》野郎が酒飲んでやがるぜ」

「てめぇぇぇぇあぁぁぁあッ‼　上等だ表出ろぶっ殺してやらぁぁあぁぁぁあッ‼」

——とまあ、時には仕方のない事情により乱闘となり、酒場を出禁になることもあったが、良い思い出というやつだろう。

ともかく。

俺は周囲にバカにされ、嘲笑され、時に奇異な視線を向けられながらも戦い続けた。

11層から15層は「草原階層」。地下だというのに天井には青空が広がり、草原の奥には森と、そのさらに向こう側には山脈が広がる奇妙な空間だ。

草原階層で行けるのは草原と森の中だけで、山脈まで行くことはできない。途中で見えない壁に阻《はば》まれたみたいに、進むことができなくなる地点が存在する。

牧歌的だが、どこか郷愁の念を想起させるような階層を一人で進んでいき——遂《つい》にパーティーから抜けて八年目、俺は15層最奥へと辿《たど》り着いていた。

俺の目の前にいる守護者はのんびりとした風景にそぐわない化け物だ。

――エルダートレント。

樹齢何百年も経たような、巨大な大樹の魔物。

それが草原のただ中に、傲然と聳《そび》え立っていた。

高さは優に二十メートルを超え、幹の太さは熟練の樵《きこり》でさえ斧《おの》を投げ捨てるほどに太い。一見するとただの巨木に見えるが、油断して近づけば、地面から飛び出してくる無数の根によって拘束され、養分にされることは間違いない。おまけにこいつは魔法も使う。

普通、俺のような剣士一人だけで倒せるような敵ではない。

だが倒す。倒せる。今の俺ならば。

木剣を右手に提げながらエルダートレントへ悠然とした足取りで近づいていく。巨木はただの樹木であるかのごとく、何の反応も見せない――と。

突如、地面から振動。

直後に足元から突き出された無数の樹木の根は、先端が鋭い槍《やり》のように尖《とが》り、下手な金属よりも硬い。

飛び出す根槍《こんそう》の範囲は広大。しかし、槍と槍との間には隙間があった。

「ハッ、甘《あめ》ぇよ！」

俺は瞬時に横へ跳躍。

槍を強化するためか動かすためめか、根槍一本一本に宿った魔力を感知し、槍が突き出される範囲攻撃──その間隙《かんげき》に身を滑り込ませて回避した。

だが、回避されることすら織り込み済みだったらしい。

「まあ、そう来るよなッ！」

密集する列柱のように地面から突き出た根槍。

その全てが蛇のようにうねり、真っ直ぐな槍から形を変える。

それはまるで鳥籠か、獲物を捕らえようとする蛸《たこ》の触手だ。どうやら俺を逃がさないつもりらしい──が、

「こっちも予想済みだ！」

当然、俺だってエルダートレントの情報は調べてあった。

根槍を回避された奴が、どう動くかなど想定済みである。

ゆえに最初の一撃を回避した段階で、すでに右手の剣へオーラを集束してあった。

「吹き飛びなッ！」

剣を振るいながら、右足を軸にその場で一回転する。

剣身に宿ったオーラは刃《やいば》の形をしているが、それはあまりにも巨大すぎた。剣身の長さが十数メートルを優に超える巨大な剣。

我流剣技──【巨刃《きょじん》】

オーラの巨剣が一回転し、こちらを拘束せんと蠢《うごめ》いていた無数の根を、その根本から斬り飛ばした。

──とはいえ、すでに地面の下から迫り来る魔力の動きを察知している。新たな根槍で追撃をしようとしているのだ。

このままここに留《とど》まっていてはジリ貧だろう。ならば──、

「上ッ！」

俺は高く高く──地上十メートルを超えるほどに高く、跳躍した。

──【瞬迅《しゅんじん》】

足の裏から放った【スラッシュ】……正確には爆散する性質を持たせたオーラを放ち、その反作用で高速移動するために編み出した技だ。

俺の足元で地面が抉《えぐ》れ、一瞬にして根槍の先端から逃れる。

高く跳び上がった俺を、しかし、エルダートレントは当然のように追撃してきた。

それは根による攻撃でも、枝による攻撃でもない。

風魔法。

大気を操り刃と化させ、敵を切り裂く風魔法――【エアリアル・カッター】

透明な大気の刃。数は数多《あまた》。迫り来るは上下左右、四方八方。

空中にいる俺では回避は不可能？

いや、そうではない。

俺は木剣にオーラを纏《まと》わせると、更に足にも纏わせ、何もない虚空を蹴りつける。

盛大に爆音が轟《とどろ》いた。

――【空歩《くうほ》】

【瞬迅】よりも足裏から放つオーラの爆発力を高めれば、空中にあっても移動に十分な反作用を得ることができる。

それによって空中で弾《はじ》かれたように軌道を変え、移動する。

しかし、大気の刃は俺を球状の檻《おり》のように囲んでいた。

狭い部屋の中で高速移動すれば壁面にぶつかるように、まるで壁のごとき密度の攻撃に、自ら突っ込んでいく形となる。

だが、これで良い。

全ての魔法を一度に受けるよりは、自ら突っ込んで一面の攻撃に対処する方が楽だ。

そして、透明な刃といえど、完全に目に見えないわけではない。圧縮された空気は光を歪《ゆが》め、陽炎《かげろう》の如く見えざる刃を可視化している。加えて刃に籠《こ》められた膨大な魔力が、たとえ見ていなくとも何処《どこ》から襲って来るかを教えてくれる。

ならば対処は簡単だ。

「シィッ！」

視界の中で迫り来る無数の刃に向かって、俺はオーラに覆われた木剣を振るう。オーラに触れた大気の刃は、その軌道を弾かれたように急激に変化させる。

我流剣技──【化勁刃《かけいじん》】

弾く刃は最小限で良い。

弾かれた刃が別の刃へとぶつかり、その内に秘めた破壊力を解放する。それは次々と周囲の刃を誘爆させ、瞬《また》く間《ま》に無為な爆風となって散華《さんげ》する。

大気の刃の壁に、穴が穿《うが》たれた。

もう一度【空歩】を発動して、その穴から檻の外へ逃れる。

「今度はこっちの番だ……‼」

歯を剝《む》いて獰猛《どうもう》に笑う。

すでに恐怖は好戦的な気分に上書きされている。愉悦。敵よりも自分の方が上回っているという確信。

俺は木剣に魔力を籠める。籠める魔力の量は莫大《ばくだい》。空中で剣を振るった。

振るわれた先は虚空《こくう》。間合いは遥《はる》か遠く、木剣が届くわけもない。かといって、【飛刃《ひじん》】を放ったわけでもなかった。

我流剣技――【連刃《れんじん》】

木剣から霧のように広範囲へと解放されたオーラが、空中で凝集していく。凝集したオーラは刃と化す。ただし、その数はエルダートレントの魔法のように、無数だ。

放出したオーラを複数の剣の形へ変化させ、それを飛翔《ひしょう》させることで広範囲を攻撃する、剣技スキルとしては珍しい【オーラソード・レイン】

それを模して編み出したのが、この【連刃】だ。

ただし、刃はただの刃でしかなく、剣の形はしていない。そして【オーラソード・レイン】のように融通が利《き》かないわけでもない。

俺は刃と化したオーラを、さらに操作する。

我流剣技【連刃】変化――【集連刃《しゅうれんじん》】

エルダートレントの太い幹、その一点へ向かって、全ての刃がざあっと殺到した。

一撃で両断するには、エルダートレントの幹はあまりにも太すぎる。だが、一撃で無理なら何度でも刃を叩《たた》き込むまでだ。

一つ一つはさほどでもない威力の小さな刃たちが、ひたすらに同じ場所を穿ち続ける。

穿つ。穿つ。穿つ！

間断のない破砕音は、俺が地面に着地した後も続いた。

エルダートレントは刃の驟雨《しゅうう》を嫌がるように巨体を微《かす》かに捩《よじ》らせたが、その巨体ゆえに奴《やつ》が回避することはできない。

やがて、太い幹の半分以上を抉られたエルダートレントは、自重に耐えきれなくなって真っ二つに折れた。

落下した上半分が大地を打ちつけ、地震のように辺りを揺らす。

そうして役目を終えたかのように骸《むくろ》を魔力へと還元していく。

エルダートレントが消えた後の地面には、奴が上に乗って隠していた、16層へ続く階段が姿を現していた。

●○●

──《栄光の剣》を脱退してから九年目。

この年から俺は、自分で木剣を作るようになった。

自分で木剣を作れるならば、何かあって木剣が折れてしまった時、新たに購入する手間も金も省くことができるからだ。

そんなわけで探索者として働く傍《かたわ》ら、俺は木剣職人の道を歩み始めた。

しかし、当初は余裕と思われた木剣製作は、困難を極める。

それまで考えていたように、木剣はただ木材を剣の形に削った物ではなかったのだ。

まずは何といっても素材。

きちんと硬い木材を選ばなければ、木剣はすぐに折れる。何だったら勢い良く振り回しているだけでも亀裂が走り、折れてしまう。

テキトーな木材を選んではいけないのだ。

次に重心。

剣の形である以上、扱いやすい重心というものがある。剣の形に削り出し、なおかつ最適な重心を取れるようにするのは、素人《しろうと》では難しい。それには熟練の技術を必要とする。

そして握り。

柄《つか》の部分が手のひらに吸いつくような握りであるかも重要だ。握りが悪ければ、剣を振るっている内に手の中からすっぽ抜けてしまうからだ。

これら諸々《もろもろ》の要素を満たし、きちんと削り出した物が真の木剣と言える。

通常、木剣とは訓練用に使われる代物で、これ自体を武器として扱う者は少ない。けれど、その考えは間違いだ。

木剣だって立派な武器なのである。

出来の良い木剣で頭を強打されれば、頭蓋は砕け、人は死ぬ。

使い方によっては、容易に人を殺しうる凶器だ。

俺はこれまで、そのことをしっかりと理解できていなかったのかもしれない。

実用性もさることながら、木剣道は奥が深い。

匠《たくみ》が削り出した木剣は、一つの芸術作品と言える。

剣身部分には精緻な彫刻が施され、華やかな拵《こしら》えの鞘《さや》まで付いている。

使われる素材にもよるが、高価な木剣は下手な金属剣すら優に上回る値段で取引され、木剣を好む木剣マニアたちは、百万人都市と呼ばれるネクロニアにおいて、推定五千人は存在すると言われている（月刊雑誌「木剣道」より抜粋）。

ことほどさように、この道は奥が深いのだ。

そんな木剣道へ足を踏み入れ、当初は考えの浅さから木剣作りに苦戦していた俺だが、浅薄さを改めるに従って、徐々に上達していくことになる。

ジョブの才能はなかった俺だが、木剣職人としての才能には恵まれていたらしい。

俺は他の職人たちが苦戦する、どんな木材でも意のままに削り出すことができたのだ。

——なぜか？

答えが気になるだろう？　良いだろう、教えよう。

なぜならば、俺には【スラッシュ】があったからだ。

指先に【スラッシュ】を纏い、オーラを高速で振動させ、あるいは高速で循環させる。

そうすることによって触れた部分の木材を意のままに削ることができるのだ。

俺はこの技を【ハンド・オブ・マイスター】と名付けることにした。

【ハンド・オブ・マイスター】を使えば、どんなに硬い木材であっても自在に削ることができる。

複雑精緻な意匠を彫ることも、【ハンド・オブ・マイスター】を使えば可能だ。オーラの先端を針のように尖《とが》らせ、他の職人たちでは不可能な彫りを実現する。

職人として覚醒した俺は、瞬く間に木剣職人界で名を上げていった。

その代表作となるのが、15層の守護者たるエルダートレントが稀《まれ》に落とす『エルダートレントの芯木』から削り出した、黒曜石のごとき漆黒の艶《つや》やかさを見せる木剣。

銘を「黒耀《こくよう》」と名付けた。

俺自身が迷宮で愛用している木剣も、この「黒耀」だ。

俺が売り出した「黒耀シリーズ」は、木剣マニアたちの間で瞬く間に話題となった。

何しろ『エルダートレントの芯木』はべらぼうに硬く、通常の工具ではろくに削ることもできない。多くの木剣職人たちは、これに装飾を入れる余力などあるはずもないのだ。

だが、不可能を可能にした新進気鋭の職人として、俺は方々から注目を集めた。

そうして俺に、新たな二つ名が贈られる。

――「ウッドソード・マイスター」

木剣職人の匠として、俺は着実にキャリアを積み重ねていた……。

いつものように酒場で安酒を呷《あお》っていれば、俺に気づいた木剣マニアたちから声が掛けられる。

「先生!?　え?　うそ?　マジ?　あのウッドソード・マイスターの!?」

「待ってムリムリ!　待ってしんどい‼　感激すぎてマジムリなんですけど‼」

「あのあのっ、サインもらっても良いですかっ!?」

「ふっ……構わんよ。順番に並びなさい」

俺は木剣マニア……いや、この「ウッドソード・マイスター」のファンたちに鷹揚《おうよう》に頷《うなず》きながら、全員にサインをしてあげた。

木剣職人として顔が売れすぎて、俺を探索者だと知る者が少なくなったのは、他愛のない話であろう。

あ、そうそう。

俺はこの年、16層から広がる「砂漠階層」を抜け、20層の守護者マンティコアへと挑み、見事にこれを突破した。

空を飛翔《ひしょう》し大地魔法を使う強敵ではあったが、新型木剣「黒耀」を持つ俺の敵ではなかった――とだけ言っておこう。

●○●

――《栄光の剣》を脱退してから十年が経《た》った。

21層から25層は蒸し暑い密林が広がる光景が続く。通称「密林階層」だ。

25層の守護者は「大猩々《しょうじょう》」という巨大な猿の魔物で、多数のワイルド・エイプを率いて襲ってくる、これまた面倒な魔物だったが、特殊な能力も少なく、大猩々自体は比較的倒しやすい敵だった。

まあ、この階層に関しては特筆することもない。敢《あ》えて言えば、守護者よりも密林という環境の方が厄介だったな。

ともかく、こいつをサクッと倒して、俺は26層以降へ進んだ。

26層からは荘厳《そうごん》な地下神殿のような場所が続く通称「冥府階層」だ。

出現する魔物は想像通りにほぼアンデッド系で統一された厄介な階層だ。こいつらは攻撃されても怯《ひる》むことがなく、傷を負うことを恐れない。

とはいえ、今の俺にとってはそう手こずる相手はいなかった。

なので、印象深いのは別のことだ。この階層も半年ほどでそうそうに抜けたのだが、ここを探索している時に、変な女に出会ったのである。

長い赤毛をポニーテールにした女剣士で、年の頃は外見から判断するに二十歳《はたち》前後といったところ（ちなみに、この時の俺の年齢は二十五歳）。きりりとした勝ち気な表情の似合う美人さんだったが、忌憚《きたん》のない意見を言わせてもらえば、頭のおかしい人物だった。

というのも、彼女はソロの探索者だったのだ。

この危険な迷宮の中、しかも26層以降というそこそこ深層と呼ばれる領域を、好き好んで一人で探索するなど、どう考えてもマトモではない。

いやいやお前もソロだろ、とかいう突っ込みは待ってほしい。

俺の場合は仕方のない事情がある。

左手の甲に浮かんだ「初級限界印」があるために、俺は他の探索者にパーティーを組んでもらえないのだ。

まあ、今の実力ならばパーティーを組んでもらえそうな気もするが、特に苦戦しているわけでも困っているわけでもない。それに下手にパーティーを組んでしまうと稼ぎが減ってしまう恐れもある。

加えて、やはり他のパーティーからは嫌厭《けんえん》されているといった事情もあり、俺はパーティーを組むことに消極的になってしまったのだ。

さて、話を戻そう。

俺が「冥府階層」で出会った女剣士の話だ。

彼女は俺のように「初級限界印」が左手の甲に浮かんでいるわけでもなく、後で聞いた話だが、この時点ですでに「上級剣士」へとジョブ進化していたらしい。

間違いなく才能ある人物であり、パーティーを組むのに困ることはないだろう。

だが、彼女はソロで迷宮を探索していた。

初めて会ったのは27層でのことであり、モンスターハウスのトラップを踏んだのか、三十を超える数のスケルトンに囲まれていた。

致命傷こそ負っていないものの、全身あちらこちらに細かな傷があり、その動きは精彩を欠いている。スキルを使う様子もなく、おそらくは魔力が枯渇《こかつ》しているのだろう。

彼女の実力がどれほどのものかは知らないが、これでは勝てるはずもない。

当然、俺は助けに入った。

集まっているスケルトンの集団は、「スケルトン・ソルジャー」や「スケルトン・メイジ」などの上位種を含む、なかなかに厄介な集団だった。

しかし、魔力さえ十分にあれば、倒すのに苦労することはない。

俺は大量の魔力をオーラへ変換し、木剣に集め、虚空《こくう》を一閃《いっせん》する。

その挙動によって霧のように周囲へ散布されたオーラを操り、無数の刃《やいば》と化す。

それはエルダートレント相手にも使った、我流剣技【連刃《れんじん》】――ではない。

【連刃】ともう一つ、オーラの刃に【空歩《くうほ》】や【瞬迅《しゅんじん》】のような、爆発の性質を持たせた剣技――【轟刃《ごうじん》】を併せた合技だ。

我流剣技【轟刃】、【連刃】――合技【轟連刃《ごうれんじん》】

ナイフのように小さなオーラの刃たちが、スケルトンどもの頭上から降り注ぐ。

全身が骨である奴《やつ》らは、通常、隙間が多いために斬撃に対して強く、打撃や衝撃に対して弱い性質がある。

【連刃】だけならば確実に倒すのは困難だが、爆発する【轟刃】との合技ならば、小さな刃一つで一体を確実に破壊できるだろう。

無数の刃たちがスケルトンどもに衝突し、そして——爆音が次々と轟《とどろ》いた。

スケルトンどもは文字通り木っ端微塵《こっぱみじん》に砕け散り、爆音が止《や》んだ頃には、無事に立っている個体は一体も存在しなかった。

赤毛の女剣士が驚愕《きょうがく》の表情でこちらを振り返る。

これが俺と女剣士——フィオナ・アッカーマンとの最初の出会いであった。

当然、俺としては彼女の危地を救ったのであり、そこまで大仰な感謝は求めないまでも、礼の一つくらいはあるかと思った。いや、常識としてね？

だが、こちらに近づいてきたフィオナの言葉は、あまりにも予想外だった。

「アンタ、何勝手なことしてくれてんのよ！」

怒りを顔に浮かべ喧嘩腰《けんかごし》で文句を言ってくる。

いや、これが彼女が苦戦していなかったのなら、探索者の常識として非は俺にあるだろう。他の探索者の獲物に横槍《よこやり》を入れるのは、重大なマナー違反だ。

しかしながら、俺の見たところフィオナに勝ち目などなく、率直に言って命の危機だったのは間違いがない。実際、彼女は軽傷ばかりとはいえ、体のあちらこちらに無数の傷を負っており、出血からの消耗は決して軽いものではないだろう。

そういった場合に助けに入るのは、断じて責められるような行為ではないはずだ。

俺は怒りよりもむしろ唖然《あぜん》とした。

だが、何とか気を取り直して、ただ助けただけだと主張する。それの何が問題なのかと。

「あのね、私は自分で望んであいつらと戦ってたのよ！　それに私が負けるかどうかなんて分からないじゃない！」

「いや、どう見ても勝てそうになかったんだが」

「あれは自分を追い込んでいただけよ！　死線を乗り越えた先にこそ、最強への道は開かれるのよ！」

「…………」

【神骸迷宮《しんがいめいきゅう》】27層をソロで探索するこの頭のおかしい女は、これも後で知ったことだが、強くなるためにギリギリの戦いに身を投じるという、厄介な嗜好《しこう》を持っていた。

以前はパーティーを組んでいたようだが、メンバーはそんなフィオナの行動についていけなくなり、彼女は元いたパーティーから追い出されたらしい。

以来、こうしてソロで迷宮へ潜っているのだとか。

ともかく、俺はこの時点で「こいつはやべぇ奴だ」と確信に至り、関わり合いにならないよう、その場でさっさと別れることにした。

頭のおかしい人物と付き合っても良いことなど一つもない。

そんなわけで、もう二度と関わることもないだろうと思っていたのだが――。

「見つけたわよ！　私と勝負しなさい！」

それから数日後、同じ階層を探索していたのが祟《たた》ったのか、再会したフィオナに勝負を挑まれた。

周囲は魔物がゾロゾロと湧いて出る危険な環境だ。勝負なんてするわけがない。バカか。

「何でだよ。やるわけねぇだろ。じゃあな」

俺は相手にせず、さっさと別れようとしたのだが、

「問答無用！　行くわよ！」

フィオナ・アッカーマンは俺の想定を上回るほどに頭がイカれていた。

なんと奴は、真剣で斬りかかってきたのだ。

「はあッ!?　ちょっ、お前バカか!?　場所を考えろ場所を‼」

「バカはアンタよ！　私は天才美少女剣士って呼ばれてるんだから！」

二十歳で自分のことを美少女とか言っちゃう奴に、殺されるわけにはいかない。おまけにその「天才」って、頭の良さとは関係ないだろうが。

俺は仕方なく木剣を抜き、フィオナと戦うことになった。

この時点で、フィオナ・アッカーマンは相当に強かった。何しろジョブは「上級剣士」

で未《いま》だ「才能限界」にも至っていないのだ。

しかし、フィオナに勝利するのは思いのほか簡単だった。

確かにジョブの補正で身体能力は俺よりも高く、多種多様な剣技スキルを使えた。だが、才能ある多くの探索者にありがちなことに、こういった手合いは高い身体能力と高威力のスキルに頼りきりな傾向がある。

言ってしまえば、戦い方に工夫がない。

それは才能があればあるほど、顕著だった。なぜなら、身体能力とスキルだけで、どんな魔物相手にもゴリ押しできてしまうから、それ以前の技術が磨かれないのだ。

フィオナがどんな攻撃をしてくるかなんて、容易に予測できる。ならば攻撃を回避するのは難しくないし、技後の隙にこちらが攻撃を叩《たた》き込むのも難しくない。

そして何より、スキルの練度の違いが決定的だった。

フィオナが放つ剣技スキルの全てを、俺の【スラッシュ】は一方的に、それも易々《やすやす》と斬り裂いてみせた。

そもそもにして、オーラの密度が違う。フィオナはおそらく、スキルを数多く習得してしまったがために、それぞれのスキルを使い込むこともなく、結果、スキルを熟練させることもなかったのだろう。

これもまた、才能ゆえの弊害と言えるだろうか。

ともかく、俺は勝利した。

もちろん殺すどころか怪我《けが》一つ負わせることなく、奴の剣を弾《はじ》き飛ばすことでの完勝だ。

それこそ子供扱いされるほど一方的に敗北したフィオナへ、俺は傲然と肩をそびやかして言い放つ。

「ふっ、これに懲りたら二度と挑んで来るんじゃないぞ」

まったくとんでもない奴だ。いきなり斬りかかって来るとか、頭がどうかしてやがる。

俺はやれやれと首を振りながら別れ——そして次の日。

「見つけたわよ！　今度こそ倒す‼」

「バカなの⁉　ねぇバカなのッ⁉」

またしても、奴は平然と迷宮の中で襲いかかってきたのだ。

これがフィオナ・アッカーマンとの腐れ縁の始まり、その出来事である。

奴は強くなるために俺に戦いを挑み、俺はその度に奴を叩きのめす。それは迷宮だけでなく、時には探索者ギルドの訓練場などでも行われた。

はっきり言って俺は被害者であり、非など欠片《かけら》ほどもない。しかし、その中身はともかく顔面は麗《うるわ》しく、美女そのものであるフィオナを何度も何度も叩きのめした俺は、探索者たちから非難の眼差《まなざ》しを向けられることになった。

人生とはこんなにも不条理に満ちているものか。

絶望した。外見の良し悪《あ》しで善悪を判断されるこの顔面格差社会に絶望したッ‼

ちなみに、フィオナ・アッカーマンはこの一年後に固有ジョブ『剣舞姫』に覚醒することになり、探索者の中でも有数の強者として、一躍名を馳《は》せることになる。

俺は行きつけの安酒場や綺麗《きれい》なお姉さんがお酌してくれる高級酒場などで、せめて奴から被《こうむ》った迷惑のもとを取ろうと「あの剣舞姫は俺の弟子だ」と吹聴《ふいちょう》することにした。

「奴は……俺が育てたッ‼」

●○●

フィオナ・アッカーマンという人物との出会いがありつつも、俺は順調に迷宮を下層へ向かって進んでいった。

その年の内に30層へ到達し、極めて広大な最奥《さいおう》の間で待ち構えていた守護者――「リッチー」と相対する。

リッチーは骨に皮がへばりついたような外見で、黒いローブを身に纏《まと》い、杖《つえ》を持ったアンデッドだ。

別名「ノーライフ・キング」とも呼ばれ、強大な魔法の力を行使する魔物。

中でも最も厄介なのは、無限にも思えるほど大量に召喚されるアンデッドたちだ。

死霊《しりょう》魔法――【サモン・レギオン・アンデッド】

多種多様なアンデッドから成る軍勢を、奴は何度も繰り返し召喚することができた。

広大な最奥の間を埋め尽くすかのように、無数のアンデッドたちが召喚される。

一体一体は敵ではない。

だが、数は力だという言葉の意味を、俺はまざまざと体感させられることになった。

戦いは長時間に及んだ。

リッチーに一撃を入れるどころか、近づくことさえ困難だった。【轟連刃】で多数のアンデッドを葬《ほうむ》っても、すぐに次が補充されるのだ。

「くそッ！　キリがねえ‼」

俺がアンデッドを殲滅《せんめつ》する速度よりも、補充される速度の方が速い。倒しても倒しても数が減ったような気がしない。

かといって【空歩】にてアンデッドどもの頭上を飛び越えようとすれば、スケルトン・メイジどもが放つ弾幕のような魔法が雨霰《あめあられ》と飛んでくる。

実際、空中で撃ち落とされてアンデッドの軍勢のただ中に落下した時は、本気で死ぬかと思った。四方八方から同士討ちさえ恐れず放たれる、無数の武器や魔法の攻撃。おそらく一発でもマトモに喰《く》らって致命的に体勢が崩れれば、その瞬間に敗北は確定するだろう。

死の予感に全身が総毛立ち、我武者羅に剣を振るう。

戦いはすでに長引いていた。その結果、最近では尽きることのなかった魔力が、いよいよ底を尽きそうになっていた。ここで仕切り直せば、持久力の差で確実に負ける。

ゆえに、この時点で俺は一か八かの大勝負に出た。

包囲から脱するために放とうとしていた剣技の方向を急遽《きゅうきょ》変更。群れの最奥にいるリッチーへ向けて、横薙《よこな》ぎに剣を振るった。

横一線に木剣を振るい、【重飛刃《じゅうひじん》】を前方に向かって飛ばす。立ちはだかるアンデッドどもを斬り飛ばしながらなおも突き進む【重飛刃】の、その後ろに隠れるようにして俺自身も前へ進み、オーラの刃《やいば》が拡散し砕けたところで再度【重飛刃】を飛ばす。この繰り返し。

「オオオオオオオオオオッ‼」

叫び、幾度もの【重飛刃】で軍勢を貫き、駆け抜ける。

だが、【重飛刃】で倒せるのは前方の敵、それも一部だけであって、周囲からの絶え間ない攻撃を防ぎ切るのは到底不可能だった。というより、いちいち防いでいては足が止まってしまう。ゆえに、弓矢に魔法に槍《やり》に投石、実にバリエーション豊かな攻撃を、俺は体で受け止めた。

死なねければそれで良い。手刀で【スラッシュ】を発動する要領で、全身にオーラを纏う。致命的な負傷を深傷《ふかで》程度に緩和しながら、止まらずに走り抜けた。

そして──冷たい鬼火を眼窩《がんか》に宿すリッチーの真正面へと、何とか辿《たど》り着いた頃には──、

「はぁ……っ、はぁ……ッ‼」

すでに俺は満身創痍《まんしんそうい》で、死んでいないのが不思議なほどだ。口の中は血の味のみ。もしもリッチー本体との戦いが少しでも長引いていたら、間違いなく死んでいただろう。

だが、不幸中の幸いというべきか、リッチー本体の強さはそこまででもなかった。

俺は殺されかけた怒りを込めて剣を振り上げる。

「死に損ないが……ッ、引導を、くれてやる……ッ‼」

そしてオーラを込めた剣を、振り下ろした。

それは他の剣技や戦技とは求める役割が違う技だ。他の技は【スラッシュ】を多機能に拡張することを目的として開発したが、これは全くの逆。

ただただ鋭く、ただただ速く。

【スラッシュ】本来の役割、敵を斬り裂くことだけに特化させた剣技にして、【スラッシュ】の正統な超強化技。

我流剣技——【閃刃《せんじん》】

その一撃で片がついた。

大した抵抗もなく正中線から両断されたリッチーが、その偽りの生命を終えると、召喚されたアンデッドの軍勢が送還されていったのも幸運だっただろう。こいつらがリッチーが消えても戦闘を継続するようだったら、これまた間違いなく死んでいたはずだからだ。

十年を超える探索者人生で、一番死に近づいたのが今回の経験だった。

俺はこれを教訓とし、もしもリッチーと再戦することがあっても、次は楽に勝てるよう、さらに【スラッシュ】に磨きをかけることに決めた。

いや、できれば戦いたくないけど。

しかし結果、この経験を教訓に開発した剣技のおかげで、翌年、俺は死に損なってしまうことになる。

●○●

——《栄光の剣》を脱退してから、十一年目。

この年のことは、思い出したくもない。
簡単に言えば、スタンピードが起きた。
迷宮内部に魔物が満ち溢《あふ》れ、
それは地上へと排出された。
俺たち探索者は戦い、
多くの者たちが死んだ。
俺は友を三人喪《うしな》い、
怒りのままに魔物を斬り刻んだ。
軍勢と呼べる魔物の群れの中心で、
その最奥の魔物へ向かって、
ただただ斬り進んだ。

この戦いを見ていた誰かが、
そいつのことを《極剣《きょくけん》》と呼んだらしいが、
俺は《極剣》が自分であると気づくこともなく、
戦いの成果をギルドに報告することもなかった。

混乱の最中、スタンピードの中心に現れた《極剣》が誰なのか、遠くから戦いを目撃した者たちの中には、知る者はおらず、その正体は不明とされた。

――そして、《栄光の剣》を脱退してから、十二年が過ぎた。

第2話「感謝している。この話を教えてくれて」

【神骸迷宮《しんがいめいきゅう》】を擁する【神骸都市ネクロニア】は、世界最大規模の巨大都市だ。

その人口は百万人を下らず、円形の市壁に囲まれた都市ながら、面積は極めて広大だ。

円形都市の中心部には迷宮の入り口たる、荘厳《そうごん》かつ神秘的な白亜の建造物――【封神《ふうしん》殿《でん》】があり、これを中心に東西南北それぞれに、都市内部にあるとは思えないほど広大な敷地《しきち》を備えた屋敷《やしき》がある。

四つの屋敷は全てが【封神殿】から程近い、都市の中心部に収まっていた。

如何《いか》なる国家の支配も受け付けない【神骸都市】において王侯貴族は存在しないが、例外として特権階級とも言うべき、四家の特別な血筋があった。

それが【封神殿】周囲に屋敷を構えている四つの家――、

「北のカドゥケウス」

「東のグリダヴォル」

「西のキルケー」

「南のアロン」──である。

この四つの家を、人々は総称して【封神四家《ふうしんよんけ》】と呼ぶ。

【神骸迷宮】を作り出した古《いにしえ》の神の骸《むくろ》、その封印を維持するために、神々から特別な力を与えられた血統として、彼らはネクロニアの住民のみならず、周辺諸国の王侯貴族からも敬われている。

特別な力──とは、世界でも四家の血統のみに発現する特別な魔法適性のことであり、それは「空間魔法」と呼ばれる。

「空間魔法」こそ、【神骸】を封印するための力なのだ。

そんな【封神四家】の一角、西のキルケーの大邸宅において。

屋敷の中の一室、客人と歓談するための応接室にて、二人の女性がローテーブルを挟んでソファに座り、向かい合っていた。

片方は長く鮮やかな赤毛をポニーテールにまとめた美貌の女剣士だ。

年の頃は二十代前半といったところで、髪と同じく赤色をした瞳が鋭く細められている。

不機嫌を隠しもしない表情だったが、その理由は対面に座る女性が発したセリフだ。

「──聞いたわよ、フィオナ。あなたのお師匠様の話。ひどいじゃない。私とあなたの仲なのに、隠し事をするなんて」

どこか、からかうような調子を孕《はら》んだセリフ。

発したのは艶《つや》やかな金髪に、これまた金色の瞳を持つ美女だ。年齢はフィオナと同じくらいだが、スレンダーな体型をしているフィオナに比べて、こちらの女性は豊満な体つきをしていた。

かといって断じて太っているというわけではなく、腰はくびれ、手足は細く長い。

自宅ということもあってか、ゆったりとした白色の清楚《せいそ》なワンピースを着ているが、不思議なことにこの人物が着ていると清楚という印象は吹き飛び、ひどく妖艶《ようえん》にすら感じる。

エヴァ・キルケー。

【封神四家】の一角、キルケー家直系の令嬢にして、次期当主筆頭と名高い女性だ。

「ふざけないで。師匠なんて呼んだこともないわよ。あいつが勝手に吹聴《ふいちょう》してるだけなんだから」

むっつりとエヴァの話を聞いていたフィオナ・アッカーマンが、不本意だと表情で示す。

「私も最初は単なる与太話と思っていたのだけれど、あなた、その人に何度も負けているらしいじゃない？」

気にしたふうもなく続けられるエヴァの言葉に、フィオナの頬がひくりとひきつった。

「そんなに強い人なら、一度会っておきたいわ。フィオナ、紹介してくれないかしら？」

「何で私が。会いたいなら勝手に会いに行けば良いでしょ」

「それもそうだけど、お弟子さんからの紹介なら、その後の話も通しやすそうでしょ？」

「誰がお弟子さんよッ！」

フィオナがローテーブルをダンッと叩《たた》く。

だが、エヴァは豪胆にも怖がる様子さえない。むしろニヤニヤとからかうような笑みを浮かべて続けた。

「あら？　お弟子さんじゃ不満だったかしら？　もしかして、そういう関係とか？」

「はあッ⁉　ふざけたこと言ってんじゃないわよ！　ぶっ飛ばすわよ⁉」

「それなら別に良いじゃない。会わせてくれたって。何怒ってるのかしら？」

「アンタがバカなこと言うからよ‼」

フィオナは一頻《ひとしき》り怒りを表明したが、エヴァに堪《こた》えた様子が微塵《みじん》もないのを見ると「チッ」と舌打ちして、前のめりになっていた体を背凭《せもた》れに預けた。

それから腕を組んで、エヴァに鋭い視線を向ける。

「だいたい、何であいつに会いたいのよ、アンタ」

「何でって……決まってるじゃない？　巷《ちまた》で何かと話題の剣舞姫様のお師匠様よ？　私じゃなくったって、会いたいと思うわよ」

「そんなミーハーな性格でもないでしょうが。本心を語りなさいよ、本心を」

「んー、本心って言われてもね。あなたより強いっていう人に興味がある、っていうのは本心よ？　後はまぁ……その人が《極剣》……なんじゃないかなって思ってるの」

言葉は軽く、冗談のような調子で言いながらも、エヴァは目を細めて対面のフィオナの様子を窺《うかが》った。

――《極剣》。

その噂《うわさ》が流れ出したのは昨年のスタンピード以降。単身魔物の軍勢に突っ込んで、スタンピードの「核」となっていた災厄級の魔物を一人で斬り倒したというものである。

だが、所詮は噂だ。本気で信じている者など、ほとんどいない。

特に少しでも戦闘系のジョブに就いていた経験がある者ならば、その噂がどれほど荒唐無稽なものかを理解している。ゆえに誰もがあり得ないと断じていた。

それはそうだ。

「核」たる災厄級の魔物だけではない。「核」の周囲は【神骸迷宮】31層以降の強大な魔物たちが、数百体規模で取り囲んでいたらしいのだから。

そんな地獄に突っ込んで「核」を討伐するなど、どう考えても人間業ではない。

だが、エヴァは【封神四家】の一員として、昨年のスタンピードに関して一般人や一探索者よりも、遥《はる》かに詳細で確度の高い情報を知ることができる立場にある。

一人、ないしは少人数でスタンピードの「核」が討伐されたというのは、事実なのだ。

エヴァのような為政者側の者たちは、その個人、もしくは正体不明の集団を指して《極剣》と呼んでいる。

（さすがに私も一人でやったとは思わないけれど）

フィオナの師という存在が、この《極剣》の一員である可能性は高い。いや、それどころかフィオナ自身も《極剣》の一員なのではないかと、エヴァは疑っていた。

（それをどうして隠しているのかは、分からないのだけれど、ね）

手放しで称賛されるべき偉業を、隠す理由が分からないのだ。

「あのね、エヴァ」

しかし、当のフィオナは呆《あき》れた様子で言った。

「あんな与太話を信じるなんてどうかしてるわよ。いるわけないじゃない、《極剣》なんて」

（嘘《うそ》じゃ、ないみたいね……）

少なくともフィオナ自身は、本気でそう思っているようだった。

この口の悪い友人は平気な顔をして嘘を吐《つ》けるような器用な人間ではない。

「それにあいつは……まあ、確かに腕は立つけど、初級ジョブで限界印が出るような奴《やつ》よ。それがどうやったらスタンピードの『核』を一人で倒せるってのよ?」

「へぇ、やっぱりその話、本当だったのね」

フィオナの話に、俄然《がぜん》興味が湧く。

エヴァが集めた情報には、フィオナの師匠は初級ジョブだという噂があった。だが、確実に嘘だと思っていたのだ。初級ジョブがどうすれば剣舞姫に模擬戦とはいえ勝利できるというのか。

(いえ、フィオナに対して偽っている、という可能性もあるかしら?)

《極剣《きょくけん》》の正体はともかくとしても、強者には大いに興味がある。特に今の時勢では、新たに起こるかもしれないスタンピードへの備えとして、一人でも多くの強者が必要だ。

「——ねぇ、フィオナ?」

だからエヴァは、自分の目で直接確かめてみることに決めた。

「うっ、な、何よ……?」

猫撫《ねこな》で声《ごえ》で自分の名を呼ぶエヴァに、嫌な予感がしたのかフィオナが警戒するように目を細める。しかし、その声は打って変わって弱々しい。

「私って、あなたのパトロンでもあるわよね……?」

すうっと、エヴァがその白魚のような繊手を持ち上げ、人差し指でフィオナ――ではなく、そのすぐ隣を指差した。

そこにあるのは、ソファに立て掛けられた二本一対の双剣だ。

フィオナはソロで活動しているとはいえ、凄腕《すごうで》の探索者であり収入は多い。

だが、世の中にはお金だけでは買えない物というのが存在するし、実のところ、フィオナはお金にかなりルーズで、金欠に陥ることも多い。

そんなフィオナを幾度となく助けてくれたのが目の前の友人であり、現在の主武装である双剣を、キルケー家のコネを遺憾なく発揮して手に入れてくれたのも、目の前の友人だ。

つまり何というか、フィオナはエヴァに頭が上がらない。

「わ、私に何させるつもりよ……ッ!?」

双剣を我が子のように抱き締めて言うフィオナに、エヴァは「んふ」と笑った。

「安心して。別に難しいことをしてもらうつもりはないわ。ただ、あなたと、あなたのお師匠様が模擬戦をしているところ、こっそり見せてくれないかしら？　私のことは内緒でね」

●○●

その日、俺は珍しく朝からギルドに顔を出していた。

ロビーの壁際《かべぎわ》に所狭しと掲示された依頼書をじっくりと吟味しながら、なるべく報酬の良い依頼を探していた。

とはいえ、朝のギルドは戦場のごとし。

広いロビーにむさ苦しい探索者どもが大挙して押し寄せ、誰も彼もが割の良い依頼を請けようと依頼掲示板の前に集まっている。

最初は俺もその集団の中に混ざっていたのだが、すぐに限界に達して掲示板から離れることになった。

俺はこう見えて、人混みってやつが苦手なんだ。繊細なんでね。

あの中に入っていく気力はもう失《う》せた。やっぱり朝に来たのが間違いだったのだ。リオンの奴がたまには依頼を請けろとかせっつくから、久しぶりにこの時間にやって来たが、次からはもっと遅い時間に来よう。いや、そもそも奴の言うことを聞いてやる必要があったのか。そんなことを考えていると、柄の悪い探索者に絡まれた。

「ちょっとアンタ、面、貸しなさいよ」

「…………」

俺はそいつにこれでもかと胡乱《うろん》げな眼差《まなざ》しを向けてやる。

「何よ、その顔は」

だが、そいつは微塵も堪える様子がない。

「何だよフィオナ、何の用だよ?」

そこにいたのは言わずと知れた剣舞姫、フィオナ・アッカーマンだった。

黙っていれば麗《うるわ》しい顔を不機嫌そうに歪《ゆが》めているフィオナに、深々とため息を吐きながら用件を問う。

「分かってんでしょ、訓練場行くわよ」

「…………」

くいっとロビーの端にある階段を顎で示し、そのまま背を向けて歩き出すフィオナ。

俺は何も分からなかったので、ついて行かなかった。

すると、階段の手前で俺がついて来ていないことに気づき、足音荒く戻って来る。

「何でついて来ないのよッ⁉」

むしろ何でついて行くと思ったのか。

「おいおい、朝っぱらから勘弁しろよ……今日は依頼でも請けようかと思ってたんだ。別に明日でも良いだろ? な?」

「今日じゃなきゃダメなのよ‼」

「は？」

「あ」

どういうことかとフィオナを見ると、勢い良く顔を逸《そ》らしやがった。

「おい、どういうことだ？　何かあんのか？」

「……はあ？　別に何にもないわよ。良いから、さっさと行くわよ！」

じとっと視線を向けてみるが、一向に答える気はなさそうだ。

何をするかは分かっている。ろくに説明しないところを見ると、いつものアレだろう。

つまり模擬戦……と言って良いのかは分からないが、そういう感じの、アレだ。

俺が付き合うメリットは欠片《かけら》もないが、飲み屋の姉ちゃんたち相手にこいつの師匠と吹《ふい》聴《ちょう》しているのも事実。たまには付き合ってやるのも吝《やぶさ》かではないが……今日はいつもと違って何かありそうなのが嫌だな。

「ふん！」

「あっ、おい！」

だが、俺が渋っているとフィオナは俺の腕を摑《つか》んでひっぱり始めた。

初級ジョブの俺が固有ジョブのフィオナに身体能力で敵《かな》うわけもない。俺は為《な》す術《すべ》もなく、ギルドの地下にある訓練場へと拉致されて行った。

●○●

ネクロニア探索者ギルド、地下訓練場。

ギルドの地下とは思えないほど広大な面積を誇る訓練場は、戦闘系ジョブを持つ探索者でも全力で暴れられるように壁や天井が魔道具の力で強化されている。その上、天井からは照明用魔道具の煌々《こうこう》とした明かりが降り注いでおり、時間や天候に拘《かか》わらず、いつでも使えるようになっていた。

そんな訓練場の真ん中で、俺とフィオナは向かい合っている。

訓練場の端の方にはズラリと野次馬の探索者どもが集まり、賭け事なども行われていた。

剣舞姫のジョブに覚醒したフィオナは、その外見とも相俟《あいま》って非常に目立つ存在だ。そんな彼女が模擬戦をするとなれば、自然と人が集まってしまうのも納得できる。

ゆえに、この状況も割と慣れたものだ。もはや諦めているとも言えるが。

「今日こそ息の根を止めてやるわ」

「…………」

二本一対の双剣を抜いたフィオナが、好戦的な表情で告げる。

一応は模擬戦のはずなのに、なぜか向こうは真剣で、もちろん俺は木剣だ。この状況をおかしいとも思わなくなってきた俺は、きっと何かが麻痺《まひ》しているに違いない。慣れってのは恐ろしいぜ。

俺はため息を吐きながら木剣――黒耀《こくよう》を鞘《さや》から引き抜き、だらりと右手に提げた。

「まあ、さっさと終わらせるか」

そんな俺の呟《つぶや》きに、もちろんフィオナは激怒した。沸点が低いんだ。

「――ッ‼　いつまでも自分の方が強いとか思ってんじゃないわよッ‼」

だが、流石《さすが》と言うべきか、戦いにおいて冷静さを失うことはないらしい。

もしも怒りのままに距離を詰めて来たら、すぐに模擬戦は終了しただろうが、フィオナは距離を保ったまま全身にオーラを巡らせた。

剣舞姫スキル――【剣《つるぎ》の舞《まい》】

固有ジョブ『剣舞姫』で習得できるスキルであり、その効果は剣を振るうごとに攻撃スキルを含めた剣撃の威力が上昇していくというもの。

この「剣を振るうごとに」というのは、敵に剣を当てる必要がない。文字通りに剣を振るうだけで、少しずつ攻撃の威力が上がっていく。

すなわち、剣舞を披露しているだけでも【剣の舞】の効果は積み重なっていくのだ。

ゆらりゆらりと左右の剣を振り回し、文字通り踊りのような剣舞を始めたフィオナに、俺はその場で剣を振り、オーラの刃《やいば》を飛ばした。

舞を止めさせることを狙った【飛刃《ひじん》】に対し、フィオナも舞いながら両の剣を素早く振り、オーラの斬撃を飛ばす。

こちらの【飛刃】が一本に対し、一瞬で放たれたフィオナの【フライング・スラッシュ】は四本。

だが、そもそも籠《こ》められたオーラの量も質も技の練度も違う。俺の【飛刃】は【フライング・スラッシュ】を易々《やすやす》と斬り裂いて、フィオナ本人にまで襲いかかる威力がある。ゆえに、以前までならば舞を中断して回避するのがお決まりのパターンだったのだが……。

「おお⁉」

【飛刃】がフィオナに到達する前に相殺《そうさい》された。

【フライング・スラッシュ】の練度が明らかに上がっている。

「前とは違うのよッ‼」

「そうみたいだな」

今日のフィオナは気合いが違うようだ。なぜか、本気でこちらの命《たま》を取りに来ているような気迫を感じる。……これって模擬戦だったよな？

「――シッ‼」

　間断なくフィオナが剣を振るい、更に四本の【フライング・スラッシュ】を放った。

「こいつはまずいな」

【剣の舞】の効果もあり、さっきよりも一本一本の威力が上がっている。おそらくもう、【飛刃】では相殺できないだろう。

　なので、ちょっと多めに剣へオーラを注ぎ、横薙《よこな》ぎに振るった。

　我流剣技【重刃《じゅうじん》】、【飛刃】――合技【重飛刃《じゅうひじん》】

【飛刃】よりも遥《はる》かに威力のある一撃だ。

　しかし、驚いたことに四本の【フライング・スラッシュ】によって【重飛刃】は相殺されてしまった。

「おいおい、マジか」

【剣の舞】による威力の上昇が、こちらの想定を上回っている。もしかして【剣の舞】も熟練すると効果が上がるのか？

　固有ジョブのスキル、有能すぎるだろ。

【剣の舞】は模倣しようと思っても、真似《まね》できないタイプのスキルだからなぁ。

「ふふんっ！　驚くのはまだ早いわよ‼」

　フィオナは【重飛刃】を相殺できるのを確信していたように、得意気に笑って次のスキルを放った。

剣技スキル――【ダンシング・オーラソード】

舞いながら虚空《こくう》を掻《か》いている双剣から、剣身に籠められた膨大なオーラが「剣の形」となって次々と外へ飛び出していく。

現れたオーラの剣は数十を超えていた。それらが意思を持っているかのごとく、空中を滑るように飛翔《ひしょう》しながら、こちらを円状に取り囲む。

俺を取り囲んだオーラソードはフィオナの意思によって操作され、全方位から一斉に襲いかかってきた。

回避するなら【瞬迅《しゅんじん》】で移動し、一部を【化勁刃《かけいじん》】で弾《はじ》いて包囲の外へ脱すれば良い。

だが一応、フィオナの師匠と（勝手に）名乗っている以上、ここは師匠らしいことをしてみるべきではなかろうか。

そう決めると、俺は剣にオーラを注ぎ――構えるでもなく、その場に仁王立ちした。

「死になさいッ‼」

「いや、そのセリフはおかしい」

突っ込み所満載なセリフと共に、無数のオーラソードが一斉に襲いかかってくる。

「――――⁉」

次の瞬間、無数のオーラソードの間を、閃光《せんこう》が駆け抜けた。

俺の体を貫くより先に、全てのオーラソードがガラスの割れたようなけたたましい音と共に粉砕される。フィオナが驚愕《きょうがく》に目を見開くその視線の先で、キラキラと宙を舞うオーラの欠片を掻き分けて、二本のオーラソードが姿を見せつけるように、ゆっくりと俺の傍《そば》に戻ってきた。

我流剣技——【飛操剣《ひそうけん》】

「はあッ⁉　何よそれ⁉」

「何って言われてもな。同じことをやっただけだが？」

簡単に言ってしまえば【ダンシング・オーラソード】の模倣だ。俺は【飛操剣】でフィオナが出したオーラソードを斬り、砕いたのだ。

こちらは二本だけだが、数が少ないぶん一本に籠められたオーラの量は多いし、操作性も向上している。

「あんまり数を増やしても複雑な動きはできないし、何より遅くなるだろ。最初は二本くらいで練習した方が良いんじゃないか？」

最初から決まりきった動きならともかく、何十本もの剣で複雑な軌道を描き、自由自在に操れるはずがない。結果、操る剣の動きも遅くなる。

「くっ……調子に乗らないでよ‼」

などと言いながらも、フィオナが再度生み出したオーラソードは二本だった。

それを自身の傍《かたわ》らに浮かべながら、今度は真正面から突っ込んでくる。

「相変わらず素直じゃねぇな、このお嬢さんは」

どうやら【剣の舞】で十分に剣撃の威力が強化されたと考えたのだろう。ここからは接近戦をお望みのようだ。

仕方ないから、相手してやるかね。

●○●

「ローガン、どう思いますか？」

ネクロニア探索者ギルド、地下訓練場にて。

野次馬となっている探索者たちに混じってアーロンとフィオナの模擬戦を観察しながら、一人の女性が言った。

女性は地味なローブに身を包み、フードを深く下ろしている。そのため顔は良く見えないが、フードの下から覗《のぞ》く紅《あか》い唇はどこか妖艶《ようえん》な印象を見る者に抱かせる。

何より、ゆったりとしたローブにも拘わらず胸元を盛り上げている見事なプロポーショ

ンは、周囲の探索者たちの視線を集めていた。

だが、この女性に声をかける剛の者はいない。

「さて、そうですな……」

それは女性の傍らに立つ、大男が原因だ。

年齢は四十代半ばほどに見え、高い身長と筋骨隆々とした体軀《たいく》を備えている。髪は短く刈り上げられており、その下には百戦錬磨といった精悍《せいかん》な風貌があった。

ローガンと呼ばれた大男は、普通の探索者に見えるような質素な装備に身を包んでいたが、同業者だと見なす探索者は少ないだろう。

現役の探索者だとしたら、少しばかり歳《とし》を取りすぎているし、単なる探索者だとは思えないような覇気がある。

この男を押し退《の》けて女性に声をかけられる者は、なかなかいないに違いない。

「一つ言えるのは、あの男が、フィオナ嬢に稽古をつけているってことですかな」

良く整えられた顎鬚《あごひげ》を撫《な》でながら、鋭い視線をアーロンに注ぎ、その一挙手一投足を観察しながら言う。

それにローブの女性——エヴァ・キルケーが僅かに首を傾《かし》げた。

「あら？　フィオナのお師匠様ならば、稽古をつけるのは当然ではなくって？」

「ああ、すみません、お嬢。そういうことではなく、稽古をつけられるくらい、実力に開きがあるってことですよ」

「っ⁉　……そこまで、差があるの？」

エヴァは微《かす》かに息を呑《の》んで、首を傾げた。

「……つまり、勝負を決めようと思えば、いつでもできると？」

「それくらいの差はあるでしょう。あの男は、【パリィ】と【ダンシング・オーラソード】しか使っていない。フィオナ嬢の方は色々使っているのに、です」

「あっ」

そこまで説明すると、エヴァもようやく気づいた。

二人の戦いを観察していると、フィオナは色々なスキルを常に使い続けている。【剣の舞】と【ダンシング・オーラソード】。さらに双剣には常に【オーラ・ブレード】が宿り、動き回る時も足の裏でオーラの輝きが弾ける光が見える時がある。おそらくは高速移動用のスキル【スピード・ステップ】だろう。それから距離が開いた時には【フライング・スラッシュ】などの遠距離攻撃スキルも多用している。

対して、アーロンの方は二本の【ダンシング・オーラソード】以外は、フィオナの剣やスキル攻撃を弾く瞬間のみ【パリィ】を発動させているだけだった。

ローガンが説明を続ける。

「一見してフィオナ嬢の動きの方が圧倒的に速く見えるでしょう？」

「ええ、かなり」

「あれだけスピードに差があって一撃も貰《もら》っていないのは、動きを完全に見切っているからです。さもなければ、スピードの差でとっくに押し切られてますよ」

「ああ、なるほど。確かに」

言われてみて理解した。

あれだけ身体能力に差があったら、普通、多少の技量の差など無意味だ。戦闘系ジョブの恩恵として与えられる身体能力と、それを補助するスキル群は、容易に技量の差を覆《くつがえ》す。

だからこそ、ジョブという才能は絶対的なのだ。

その絶対的な差すら埋める技量……武人ではないエヴァをしても、それを身につけるために支払った努力の大きさを想像して、微かな尊敬の念を禁じ得なかった。

「凄《すさ》まじいですわね……」

フィオナは固有ジョブに覚醒した才能ある剣士だ。

本人もまた強くなることに貪欲で、努力を惜しまない。

それほどの剣士を「指導」できるほどの実力に、エヴァは驚嘆した。

「ローガン、あの方は固有ジョブに覚醒しているのかしら？」

「いえ……ここまでの戦いぶりや使ったスキルから判断するに……非常に経験豊富な上級剣士ジョブの探索者……と言ったところですかな。今は技量と経験の差で圧倒していますが、フィオナ嬢が順当に成長すれば追い抜ける程度……。まあ、それも想像できる下限に見積もって、なのですが」

つまり、実力を過小評価してそれ、ということか。ならば実際にはどうなのだろう。今、自分の横には迷宮都市でも間違いなく屈指の実力者がいる。

「あなたなら……剣聖と謳《うた》われたあなたなら、勝てますか？」

大抵の国家で組織的な武力を持つことは特権だ。ネクロニアにおいては、探索者ギルドは仕方ないとしても、他は「評議会」と【封神四家《ふうしんよんけ》】にしか許されていない。

そして【封神四家】にはそれぞれ、各家門が私有する騎士団があった。

ローガンは今でこそキルケー家の私有する『魔鷹《まよう》騎士団』の団長を務めているが、十年前までは探索者をしており、「剣聖」の二つ名で呼ばれていた最上位の探索者だった。

その実力は今でも衰えていない。

いや、あるいは十年前よりも今の方が強い可能性すらある。

ローガンもまた、フィオナと同じく自分の強さに貪欲な人間だからだ。

「『魔鷹騎士団』を預かる身としては、口が裂けても勝てないとは言えませんが」

ローガンは普段の落ち着いた笑みとは違う、猛々《たけだけ》しい野獣のような笑みを見せた。

「是非、彼とは手合わせしてみたいですな。戦ってみないことには、実力の底が見えない」

その返答に、エヴァはふむと考え込んだ。

フィオナ相手にも実力の底を見せない男。今日、ローガンを伴って来たのはあくまで護衛のためだったのだが、こうなったら彼に見極めてもらうのも良いかもしれない。

「お嬢、そろそろ終わるようですよ」

ふと、その声に顔を上げれば、フィオナたちの戦いが終盤に差し掛かっていた。

誰が見ても分かるほど、フィオナの動きが精彩を欠いている。激しく息を荒らげ、双剣からは【オーラ・ブレード】の輝きも失われていた。

「魔力切れ、ですか?」

「そうです。あれほどスキルを多用すれば、当然でしょう。ましてやずっと【剣《つるぎ》の舞《まい》】を発動させ続けていたようですからな」

ふらふらになったフィオナが振り回す剣を、戦闘開始から変わらぬ動きで回避して、ア

ーロンは自身の剣を二度振った。フィオナの双剣があっさりと手の中から弾き飛ばされ、
同時、自身のオーラソードを操りフィオナのオーラソードを叩《たた》き折る。

武器を失ったフィオナの喉元に剣が突きつけられ、その背後には二本のオーラソードが切っ先を向けて浮かんでいた。

文句のつけようのない鮮やかな勝利だ。

周囲でフィオナが負けたことを残念がるような声が上がり、さらに賭けに負けた者たちが野太い悲鳴をあげている。

訓練場の中央で何事か話している二人を眺めながら、エヴァはローガンに言った。

「ローガン、あの方の実力を、あなたにも確かめてもらいたいのだけど」

「お嬢のお願いとあらば、断ることはできませんな。さて、彼が受けてくれると良いが」

にんまりと笑いながら、ローガンは二人の方へ向かって歩き出した。

エヴァもその後について歩き出す。

予想以上の拾いものになりそうだ、と思いながら。

●○●

「やっぱり剣舞姫は接近戦より遠距離の方が合ってるジョブだな」

「はぁっ、はぁっ……！」

「色んなスキルに手ぇ出すくらいなら、大人しく【フライング・スラッシュ】を鍛えてた方が良いんじゃないか？　【剣の舞】と遠距離スキルだけで大抵の魔物は倒せるようになると思うが」

「はぁっ、はぁっ……うる、さい……っ！　ちゃんと、鍛えてる、わよ……っ‼」

肩で息をするフィオナを前に、ポンポンと木剣で自分の肩を叩きながら模擬戦の総括をする。

「まあ、【フライング・スラッシュ】の練度は上がってるみたいだな」

一応、俺の助言を受け入れて【フライング・スラッシュ】の熟練度は上げているようだった。以前より威力が上がっていたから間違いない。

短期間でここまで威力が上がるってことは、かなり集中的に使い込んでいたのだろう。

こいつ口は悪いが、言われたことはちゃんと聞くんだよな。

猪突猛進《ちょとつもうしん》に突っかかってくるだけだったら、俺だって何度も付き合ってはいない。

「んで、今日のお前は一段と無茶してたわけだが、その理由は、あれか？」

「はぁっ、はぁっ、お前って……呼ぶな……ッ！」

いつもなら、ここまで魔力が枯渇《こかつ》するまで模擬戦を続けることは、流石《さすが》にない。だが、今日は何から何まで全力で挑んで来たという感じだった。

その、いつもと違う理由らしき存在に、俺は顔を向ける。

模擬戦の終わった俺たちへ真っ直《ます》ぐ近づいてくる、二人の人物。

一人は四十代半ばくらいの大柄な男だ。

もう一人はフード付きのローブで全身を隠した怪しい風体の女。

どちらの人物も俺の知り合いではないはずだ。いや、女の方は顔が見えないけど。

強《し》いて言えば、大男の方は何だか見覚えがあるような気もするが……。

「やあ、素晴らしい戦いだったね」

大男が開口一番、そんなことを言った。

いったい俺に何の用があるのかね？

「そいつはどうも。で、このバカをけしかけたのはアンタらってことで良いのか？」

「誰がバカよッ‼」

ひょいっと木剣の先でフィオナを指しながら確認すると、当の本人がどうでも良いところに異を唱えた。

「実はフィオナ嬢とはちょっとした知り合いでね。君と戦っているところが見たいと、無理を言って頼んだんだ。できるだけ本気で戦ってほしい、ともお願いしたかな」

なるほど？　それで今日は一段と殺《や》る気が高かったわけか。

確認するように視線を向けると、高速で顔を背けて視線を合わせようとしない。

「フィオナ嬢はこちらのお願いを聞いてくれただけだから、あまり責めないでやってくれると助かる。まあ、お願いした私たちが言える義理ではないが」

何を勘違いしたのか、大男がそんなことを言ったので、俺は肩を竦《すく》めてみせた。

「別に気にしちゃいないさ。こいつが俺の迷惑も考えずに突っかかってくるのは、いつものことだしな」

「ほう、なるほど。だいぶ仲が良いようだ」

大男はずいぶんと明後日《あさって》の感想を述べた。

「それで、そろそろ本題に入ってほしいんだが？　それとも、もう帰って良いか？」

「ああ、すまない。帰るのはちょっと待ってくれ」

そう言って、大男はローブの女へ視線を向ける。対する女が一度頷《うなず》くのを確認して、こちらに視線を戻した。

「今日は君に、お願いがあって来たんだ。ただ、そのお願いというのはここで話すわけにもいかなくてね。できれば、我が主《あるじ》の屋敷《やしき》に足を運んでもらいたい――のだが」

そこで大男の雰囲気が一変する。

紳士的な仮面を脱ぎ捨て、その下に隠していた野獣の本性を露《あらわ》にした。

すなわち、次の瞬間にでもこちらに襲いかかって来そうな、猛々しい笑み。

「我が主の屋敷に招くのに、良く分からん男を連れて行くわけにもいかなくてね。そこで、私と手合わせしてもらえないだろうか？　ちょうど私も剣士でね。剣士同士ならば、実際に剣を交える方が、百の言葉を交わすよりも互いの人となりを分かり合えるだろう？」

こちらの肌をひりつかせるような激しい戦意を叩きつけてくる。

お前も剣士ならば、当然受けるだろう？　という言外の圧力。それは挑発にも等しく、ここで退《ひ》けば「漢《おとこ》」が廃る。

こんな挑発をされて、勝負を受けない探索者は稀《まれ》だろう。当然だ、探索者なんて何処《どこ》まででいっても所詮はヤクザな稼業《かぎょう》だ。こちとら自分の力だけを恃《たの》みに魔物と殺し合いをする日々なのだ。相手が誰だろうと舐《な》められるわけにはいかない。それが探索者の共通認識。

だから俺は――、

「え？　嫌だけど？」

――普通に断った。

かつて「才無し」や「バカ」などと、謂《い》われなき誹謗《ひぼう》中傷を受けていたこの俺が、今さらこの程度の挑発で頭に血がのぼるわけもない。

というかこの大男、明らかに強いし。

見ず知らずの強者と特に理由もなく戦うとか、俺はバトルジャンキーではないぞ。

「…………。いや、あの……そこを何とか、頼めないかね？」

気が削《そ》がれたような顔をしつつも、食い下がってくる大男。

「嫌だよ。疲れたし」

「……まだ、それほど魔力は消費していないはずだよね？」

「魔力はそうかもしれんが、体力は別だろ。疲れたんだよ、俺は」

「……そうは見えないが？」

「なに、弟子の手前、痩せ我慢してるだけさ」

「──誰が弟子よッ‼」

弟子が何か言ったが、当然のごとく無視だ。

「……こいつは、困ったな。お嬢」

本当に困ったような顔をして、大男がローブの女に視線を向けた。

それを受けて何を思ったのか、女が一歩前へ進み出る。そしておもむろに、深く被《かぶ》っていたフードを脱いだ。

「初めまして、アーロン・ゲイルさん。私はエヴァ・キルケーと申します。不躾《ぶしつけ》なお願いで申し訳ないのですが、こちらのローガンと立ち合ってはいただけませんか？」

「――――⁉」

現れたのは艶《つや》やかな金髪に金色の瞳をした美貌の持ち主。

エヴァ・キルケー。

その名前を聞く前から、目の前の女が何者かを悟るのは容易だった。金色の虹彩《こうさい》を持つ人間など、大陸全土を探し回っても【封神四家《ふうしんよんけ》】の血筋にしか存在しないからだ。

つまり目の前の女は【封神四家】の一角、キルケー家の御令嬢なのだろう。

「……ずいぶんと、大物が出てくるじゃないか」

俺は顔をひきつらせる。

【封神四家】は貴族でも王族でもないが、その立場と権力、そして影響力は、小国の王にすら引けをとらない。

たとえば自国の貴族の「お願い」を、断れる平民などいるだろうか？

「っていうか、キルケー家に仕えてるローガンだと？」

そしてエヴァ・キルケーの発した言葉で、俺はもう一つの事実に気づいた。

御令嬢の横に立っている大男――何処かで見たことがあると思ったが、それもそのはずだ。たしか十年前までは現役の探索者だったはず。

「まさか、剣聖ローガン・エイブラムス……か？」

確認すると、大男はにんまりと笑った。

「おや、私を知っているとは、光栄だな」

――知らねぇわけねぇだろ‼

探索者の間で「剣聖ローガン」と言ったら、もはや伝説的な存在だ。なにせ、かつてローガンがリーダーとして率いていた探索者パーティーが、現在の迷宮攻略最深層である第46層に到達した唯一のパーティーだからである。

そんな超大物と戦えだって？

「ふぅ……俺も、舐められたもんだな……」

「え？」

予想外のことを言われたというふうに、きょとんとするエヴァ嬢に、俺は告げる。

普通ならば、俺のような一般市民がキルケー家御令嬢の「お願い」を断ることなど、できるはずもないだろう。だが……、

「まさか、この俺が……権力に屈するような男に見えるのか？」

「それは……私のお願いを断る、ということでしょうか？」

エヴァ嬢が目をすがめてこちらを見る。

他者に命令することに慣れた者の態度。自分の「お願い」を断ることを許さないという、無言の圧力。

そんなに威圧しても無駄だ。だからこそ、俺は言ってやった。

「一回だけだからな」

「…………え？」

「一回だけだ。一回だけしか戦わないからな」

「え？　……えっと、それは……は、はい。い、一回だけで、大丈夫ですわ」

まあ、言うまでもないことだが。

権力には、勝てなかったよ……。

●○●

「よし！　では、やろうかッ!!」

ローガンは猛々《たけだけ》しい笑みを浮かべて腰に提げていた鞘《さや》から長剣を引き抜いた。

ちらりと視線を向ければ、現在の装備と違和感のないようにか、何の変哲もない鉄剣だ。

「ちょっと待て」

今すぐにも戦いを始めそうなローガンに、手のひらを向けて動きを止める。

「む？　どうしたのかね？」

「戦うとは言ったが、普通に戦うとは言っていないぞ」

「それは……どういう意味だい？」

やる気に水を差されて不機嫌になったのか、ローガンが低い声で問う。

まったくこれだからバトルジャンキーは嫌なんだ。フィオナといい、ちょっとは「待て」くらいできないのか。

「アンタらはつまり、俺の実力が見たいってことだろ？」

人となりを分かり合いたい？

そんなのローガンが口からでまかせを言っただけに決まっている。人となりを知りたかったら、俺の身辺調査でもするんだな。……いや、もうすでにされているかもしれんが。

「ローガン、アンタは疲労困憊《ひろうこんぱい》の俺に勝って満足なのかよ？」

「む……それは」

相手は探索者たちにとっての生ける伝説だ。そんな奴《やつ》となぜ真面目に戦わなければならないのか。

絶対普通には戦いたくない。だから別の方法を提案する。

「一撃だ。俺は俺にできる全力の一撃を放つ」

まあ、嘘《うそ》だけど。

「その一撃をローガン、アンタが避けるなり防ぐなりしたら、アンタの勝ちだ。アンタなら、俺の実力もそれで判断できるはずだ。違うか？」

「むぅ……まあ、違わないが……」

「よし、なら、それで決まりだ」

ぐだぐだ言われないように、これで決まりだと告げた。

「だが、それはあまりにも……何というか、もうちょっと真面目に戦ってみないか？」

しかし案の定ぐだぐだと言って来たので、俺は敢《あ》えて自信満々に返した。

どうもローガンはフィオナと同じタイプの人間とみた。普段は紳士の仮面を被っているようだが、挑発すれば割と簡単に乗ってくるはずだ。

「安心しろ。退屈はさせねぇよ。それより、俺の一撃でアンタが死んじまったら俺が殺人犯になっちまう。できるかは知らねぇが、どうか死んでくれるなよ？」

「……ほう？　それは、なかなか面白そうだ……ッ‼」

途端に猛獣のような笑みを浮かべるローガン。

期待しているところ悪いが、俺には勝敗なんてどうでも良いんだがな。

●○●

地下訓練場で、俺とローガンは向かい合っている。

ただし、その距離は三十メートルほども離れていた。

移動用のスキルを駆使すれば一瞬で消えるくらいの間合いだが、それでも一対一の立ち合いとしては離れすぎている。

だが、これで良い。

俺が放つ予定の一撃は遠距離攻撃だし、これくらいの間合いは必要だろう。

「――じゃあ、合図は私が出すわよ？　この銅貨を弾《はじ》いて地面に落ちたら開始の合図……で、良いわよね？」

俺とローガンの中間付近――といっても、もちろん邪魔にならない場所だ――に立っているフィオナが俺たち双方に確認する。

「ああ、それで良い」

「私もそれで構わんよ」

俺とローガンはほぼ同時に頷《うなず》いた。

興味深そうにこちらを見ている外野——残っているのは数人だけだが——を意識から追い出して、俺は細く長く息を吐き出しながら集中した。

相手は剣聖。

流石《さすが》に真面目にやらないと手抜きを見破られるのは間違いない。後でぐだぐだ言われるのも面倒だし、ここは真面目にやる必要がある。

——構える。

右足を前に、左足を後ろに、大きく足を開いて深く腰を落とした半身の姿勢。

そして右手に握った黒耀《こくよう》は左腰の横につけるように構えている。

鞘に入っているわけではない。抜き身の状態だ。

その剣身の先端に近い場所を、左手で握っている。真っ当な剣術からすれば少々どころか、かなり奇妙な構えだろう。

東洋の島国には刀と呼ばれる斬撃武器が存在し、その武器を使用する剣術に抜刀術というものがあるらしい。

基本的には素早く鞘から刀を抜くための技術だが、納刀状態から戦闘を開始することで、敵に間合いを悟らせにくいという利点もある。

そして抜刀術の中には、居合い抜きという技術がある。刀を抜く際、鞘の中で刀身を走らせることによって斬撃の速度を上げ、一瞬の内に敵を斬りつける技術。

これはその模倣……というわけではない。

構え自体は似ているが、そもそも黒耀は直剣だ。刀は刀身が弧を描いていて、その曲線がなければ居合い抜きはできない。だからこれは、居合い抜きではない。

敢えて言うなら、デコピンだ。

剣を振り抜こうとする右手に対して、剣身の先端近くを抑えつける左手。こうすることによって力を溜《た》め、左手から剣身を解放すると同時に素早く振り抜くための構え。

加えて、俺は構えながら、斬撃を放つためのオーラを剣に注いでいく。魔力をオーラに変換し、鍛造された刃《やいば》のように幾重にも練り上げていく。

剣身に宿るオーラの刃だけで、生身の左手なんて容易に斬り裂かれてしまう。だから抑えつける左手にもオーラを纏《まと》う。

――ギ、ギギ、ギ、ギィ……。

強弓の弦を引き絞る時のような、何かが軋《きし》むような音が訓練場内に響き渡る。

剣身と左手の間で引き起こされるオーラの反発が、不吉な予感を覚えさせる鳴き声をあげているのだ。

この状態で、さらにオーラを注ぎ練り上げていく。

——ギギ、ギ、ギ、ギギ、ギィ……ッ‼

準備は整った。これでいつでも始められる。

ちらりとフィオナに視線を向けると、こちらの準備が整ったことを察して頷いた。そして次に、フィオナはローガンにも確認の視線を向ける。

遠くで相対するローガンも、長剣を大上段に構え、その剣と全身に膨大なオーラを巡らせている。どうやら回避するのではなく、真正面から迎え撃つ気らしい。

ローガンも準備は整ったとばかりに力強く頷き——フィオナが親指の上に銅貨を乗せた右手を前へ差し出した。

「じゃあ、始めるわよ」

——直後。

キンッという涼やかな音と共に銅貨が弾かれ、宙を舞い——地へ落ちる。

——瞬間。

左足で勢い良く地面を蹴る。それによって俺の体を駆け上がる反発力を、腰と背骨を回旋させながら肩、そして腕の先へと伝えていく。溜めに溜めた左手と剣身の間のテンションを、ぎりぎりで解放する。

——ギンッという音がした。

横一閃《よこいっせん》。

剣を振り抜く。その動作と共に虚空《こくう》に刻まれたオーラの刃が、閃光《せんこう》のような速度で飛《ひ》翔《しょう》する。

近接武器の遠距離スキル攻撃は、距離が開くごとに威力が失われていく。その法則を覆《くつがえ》す、近距離スキルの威力を保ったままの、遠距離攻撃。

我流剣技【飛刃《ひじん》】、【閃刃《せんじん》】——合技【飛閃刃《ひせんじん》】

さて、どうなる？

●◯●

ギンッというけたたましい音と共に、横一文字の閃光が放たれた。

まるで時を跳ばしたかのように、刹那、アーロンの姿が剣を振り切った姿勢へと変化している。

何かを考える暇はなかった。

大上段から剣を振り下ろし、事前に考えていた通りのスキルを発動する。

剣聖スキル――【飛龍断《ひりゅうだん》】

その名の通り、「剣聖」ジョブの元となった古《いにしえ》の英雄が、空を飛ぶ龍を断つために編み出したとされる強力無比な遠距離攻撃用の剣技。それをスキルという形で模倣した一閃は、莫大《ばくだい》なオーラを刃という形に凝縮して前方へ向かって飛翔した。

間合いを喰《く》らい合うのは刹那だ。

横一線の刃と縦一閃の刃が垂直の交差を描いて激突した。

剣同士が鍔《つば》迫《ぜ》り合うような甲高い音が鳴り響き、その動きが止まる――のは、まさに一瞬のこと。

(まずいッ⁉)

直後、一瞬の拮抗《きっこう》を経てオーラの刃が前進を再開する。

ローガンの【飛龍断】が割れたガラスのように無数の欠片《かけら》に粉砕され、アーロンの刃だけが生き残る。

ぞわりと危機感が全身を走り抜け――だからこそ、ローガンは反射的に生き延びるための最善の行動をした。

回避は間に合わない。

ゆえに僅か一歩前へ踏み出しながら、振り下ろした剣を振り上げる。

剣聖スキル――【龍鱗砕き《りゅうりんくだ》】

鋭いが脆《もろ》いオーラの刃ではなく、龍の鱗《うろこ》すら砕くためのオーラの打撃。

「う、ぉおおおおおおッ‼」

叫びながら剣を振るう。

刃無き頑強なオーラの塊を剣に宿し、迫り来る刃に向かって叩《たた》きつけた。

「ぐぅうううううッ⁉」

柄《つか》を握る両手が弾き飛ばされそうな衝撃。それは如何《いか》なローガンでも、長くは耐えられないほど激しい。だが次の瞬間、【龍鱗砕き】のオーラが指向性を持って爆発する。

視界が閃光に埋め尽くされた。

大量のガラスを同時に割ったような、涼やかだがけたたましい音がして。

「おおおおおおおッ‼」

ローガンは剣を振り上げた。

アーロンの放った刃はローガンを傷つけることなく、その手前で粉々に砕け散った。

「――はぁっ、はぁっ……！」

剣を振り上げた姿勢のまま残心する。

途端、ぶわりと全身に汗が滲《にじ》み、一瞬の攻防だというのに限界まで全力疾走したほどの疲労感に苛《さいな》まれた。

（あぶ、なかった……！）

「あっさり防ぐとか、化け物かよ……‼」

自身と同じく残心を解いたアーロンが、離れた場所で呟《つぶや》いた声をローガンの耳が拾う。

固有ジョブの優れた聴力だからこそ聞き取れた小声だ。

（化け物は、どちらだ……‼）

心の中でそう返して、ちらりと自身が握る長剣を見下ろす。

その片側の刃――すなわちアーロンが放った刃と打ち合った側は、広範囲に亘《わた》って刃が潰れていた。ギザギザと歪《いびつ》な形に変形しているのだ。

（この剣自体も見た目は質素で、何の魔法の力も宿っていないが、鋼鉄製の業物だったのだがな……）

おそらく、もう少し【龍鱗砕き】に籠《こ》めるオーラが少なかったら、こちらの剣を砕かれていただろう。

万全の装備だったならば、剣を駄目にすることなく防げただろうが……、

（アーロン、彼は一撃。対してこちらは二撃か）

結果だけを見れば、アーロンの攻撃を防いだ自分の勝利だ。

だが、ローガンはとてもこの勝利を誇る気にはなれない。なぜならば――と、こちらに近づいてくるアーロンに鋭い視線を向けながら考える。

（彼は初めから勝負に拘《こだわ》ってはいなかった。おまけに手加減された上での勝利など……）

受けてみて分かった。

アーロンが三十メートルという遠すぎる間合いを設けた意味を。

それ以上近かったら、ローガンの二撃目は間に合わなかった。さらに近ければ、一撃目の反応すら間に合ったかどうか。

（溜めが必要なスキルみたいだから、実戦ではそう易々《やすやす》とは喰らわない、か？　いやしかし、そんなのは言い訳だな）

思わず、にんまりと笑ってしまう。内から湧き上がるこの感情は、歓喜だ。くつくつと笑い声をあげる。だが、それも当然だろう。これがおかしくないはずがない。

（彼は、あれ以上近い場所でスキルを放てば、私を殺してしまうかもしれないと、本気でそう考えていたのだ。この、私を）

だからこその、あの距離。

この自分に対して、本気で殺してしまうかもしれないと心配し、ゆえに手加減した。

そんなことができる人間が、この都市に……いや、世界中見渡したところで、いったい何人いる？

――強い。

断言しよう。間違いなく、彼は強い。

それも剣聖と謳《うた》われた、このローガン・エイブラムスの全力をもってしても、果たして勝てるかどうかという強者だ。

（全力で、死合ってみたいな、アーロン・ゲイル）

きっと全力の彼に勝つことができたなら、自分はさらに一段、上の領域へ至ることができるだろうという確信があった。

「あっさり防がれちまったな。ま、何にせよ、勝負はアンタの勝ちだ」

剣で自らの肩をぽんぽんと叩きながら、近づいて来たアーロンが言った。

それに苦笑しながら、ローガンは駄目になった剣を無理矢理鞘《さや》に納めて、言葉を返す。

「いや、あれだけ手加減されてしまったんだ。今回は引き分けということにしようじゃないか。本当なら私の負けと言うべきなんだろうが、それでは納得しないだろう？」

「手加減？　……何のことだ？」

アーロンは本当に不思議そうに首を傾《かし》げた。

「ふっ、惚《とぼ》けなくて良い。君とはいずれまた、剣を交える日も来るだろうから、な」

「いや、俺一回しかやらないって言ったよな？」

「さて。これで君の実力、そして人となりは理解した」

「俺一回しかやらないって言ったよな？」

「お嬢！　おそらく彼は大丈夫だ。実力も申し分ない。私が保証しよう」

「俺一回しかやらないって――」

「そうですか！　分かりました。ありがとう、ローガン」

フィオナと共に立ち合いを見守っていたエヴァが、こちらへ近づいて来ながら頷《うなず》いた。

エヴァはそのままローガンたちの傍《そば》まで歩み寄ると、アーロンの顔を見上げる。

「アーロンさん。突然のお願いを聞いてくださり、感謝いたします。それで、続けてのことで申し訳ないのですが、この後、当家までお付き合いいただけますか？」

アーロンは苦虫を噛《か》み潰したような顔で、エヴァを見返した。

そこに微塵《みじん》の申し訳なさも浮かんでいないことを見てとると、これが権力者の命令というやつだと理解したのだろう。深々とため息を吐《つ》いて、せめてもの抵抗を試みる。

「何の用かくらい説明してくれないと、返事のしようがないんだが？」

「ああ、すみません。失念していましたわ」

と、素直に謝罪し、エヴァは続ける。

「用件は昨年のスタンピードについてのお話と、もう一つ、あなたをスカウトしたいと考えています」

「……スタンピードの話？」

アーロンはスカウトという言葉を無視して、前半部分に反応する。

それまでとは違う、権力者に対する配慮をなくした低い声音で、問う。

「アンタら、当然、俺のことについては調べてるんだろうな？」

「……ええ、事前に幾らかは。ご友人を亡《な》くされたことも、把握しておりますわ」

「その上で、スタンピードの話をすると？」

「……ッ、はい。話を聞いてあなたがどう思うかは分かりませんが、少なくとも真実をお話しすることは、約束いたします」

「……真実、ねぇ」

何の感情も浮かんでいない硬質な瞳。

アーロンから向けられたそんな瞳に、エヴァの背筋をぞわりと悪寒《おかん》が走る。

まるで得体の知れない猛獣を前にしたかのような恐怖を感じたが、それでも視線を逸《そ》らさなかった。

「……分かった。話を聞こう」

ほんの数秒の後、彼が頷いた時、エヴァは体中から力が抜けるほどの安堵《あんど》を覚えた。

●○●

「——で？　昨年のスタンピードについて、さっそく教えてもらおうか？」

ネクロニア西地区中央、【封神四家《ふうしんよんけ》】が一角、キルケー家の広大な邸宅。

そのさらに一画にある応接室に、今、俺はいた。

室内にいるのは応接用のソファに座った俺と、ローテーブルを挟んだ対面に座ったエヴァ。そして護衛だからか、その後ろで立ったまま控えているローガンの三人だけだ。

「機嫌を損ねるようなことをしたのは私たちですが、そう恐《こわ》い目で睨《にら》まないでいただけると嬉《うれ》しいのですが？」

こくりと、優雅に紅茶を一口飲んだ後、カップをソーサーに戻しながらエヴァが言った。

ちなみに使用人の類いはお茶を用意した後、彼女自らが人払いしている。

つまり、自分の屋敷《やしき》内であっても、余人には易々と聞かせられない話であるらしい。

「別に機嫌が悪いわけじゃないさ。……機嫌が悪くなるかどうかは、アンタの話次第だ」

室内には華美だが嫌味のない調度品が置かれ、一代限りの成金《なりきん》とは一線を画す、これぞ名家といった趣がある。壁際《かべぎわ》に置かれた小さな花瓶一つとっても、平民なら数年は遊びながら余裕で暮らせる価値があるだろう。

いつもの俺ならば、まず間違いなく入っただけで気後れしそうな部屋だが、今はそんな気も起きなかった。

ただでさえ思い出したくもないスタンピードについての話なのだ。相手が逆らってはならないほどの権力者であるのは重々承知しているが、下らない内容ならば、話が終わるのを待たずに帰らせてもらうことになるだろう。

「ふう……分かりました。では、さっそく本題に入りましょう。ですが、その前に一つ」

「何だ？」

「分かっていらっしゃると思いますが、ここで話したことは他言無用にお願いします。一般に広まれば、無用な混乱を招きかねませんので」

「分かった。誰にも言わないと誓おう」

「お願いいたします。では……」

と、エヴァはそれまでの雰囲気を一変させ、背筋を正して語り出した。

「昨年、ネクロニアで起こったスタンピードですが……あれは自然発生的なものではありません。人間の手によって引き起こされた、人為的な災害です」

「…………」

「少なくとも私たち【封神四家】は、そう確信しています。理由は二つ。一つは、【神骸《しんがい》迷宮】のように日々大勢の探索者が潜っている迷宮で、通常、スタンピードが起こることは考えられない、ということ」

「……理由としては弱いんじゃないか？」

俺は反論した。確かに多くの探索者が日常的に潜っている迷宮でスタンピードが起こる危険性は少ないが、スタンピードの発生要因は一つだけではない。【神骸迷宮】だとて、自然発生的なスタンピードが起こらないとは、断言できないはずだ。

「アーロンさんの仰《おっしゃ》りたいことも分かりますわ。ですが」

と、エヴァはこちらの考えを察しつつ、その上で断言する。

「昨年のスタンピードが人為的なものであるという理由……その確証となるのが、二つ目の理由である結界ですわ」

その言葉の意味を考える。

迷宮、スタンピード、そして結界とくれば、思い当たるのは一つしかない。

「……【封神殿《ふうしんでん》】の結界、か？」

通常、迷宮に結界などは張られていない。

その必要がない、というわけではなく、巨大な迷宮に対して、常にその規模の結界を維持することなどできないからだ。

だが、世界中で唯一、【神骸迷宮】だけは例外だ。

ここには神々が創造した「封神神器」とも言うべき【封神殿】があり、この【封神殿】を用いて結界の維持・管理を担《にな》う特別な血族がいる。

【封神殿】と【封神四家】によって張られる結界は極めて強力で、迷宮内部の魔物や迷宮の核となっている「邪神の骸《むくろ》」に対して、絶対的とも言える効力を発揮している。

昨年のスタンピードでは、出現した魔物たちのあまりの強大さと数の多さに、結界が負荷に耐えきれなくなり、一時的に破られてしまったと発表されているが。

これは考えてみれば「絶対的な効力の結界」に対して矛盾するような話だが、ネクロニアの住民は、俺も含めて「評議会」の公式発表を疑うことはなかった。

【封神殿】の結界が絶対ではないということを、すでに知っているからだ。

歴史上、【神骸迷宮】でスタンピードは何度か起こっている。以前にも起こっていることだから、今起きたとしても、過去と同じ理由なのであれば納得できるというわけだ。

一時的に破られることはあるかもしれないが、決して失われることはない結界。それだけでも「神々の結界」と評されるには十分すぎる性能だ。誰が見ても人智《じんち》を超えている。

だから不安には思えど、結界が破られたことに疑いの目を向ける者は少ない。

「実は結界が破られたというのは、嘘《うそ》なのです」

だが、エヴァ・キルケーは前提から否定した。

「【封神殿】の結界は、魔物程度に破られることは絶対にありません。だから本来、内部でどれだけ魔物が増えようと、【神骸迷宮】でスタンピードが発生することはないはずなのです」

「だが、実際には何度もスタンピードは起きているだろう?」

「はい。昨年も含めて、それら全て、本当は結界が破られたわけではありません。それは表向きの発表で、真実は違います。結界は破られたのではなく、結界の発生器たる【封神殿】の稼働《かどう》を停止させられたのです」

エヴァの説明を聞いて、彼女が「人為的」と断言する理由が分かった。

当然の話だが、結界内部の魔物が【封神殿】の機能を停止することはできない。それができるのは結界の外側にいて、なおかつ【封神殿】に干渉することができる者だけだ。

つまり、昨年のスタンピードの真相は……、

「誰かが内部で大量の魔物を発生させ、さらに【封神殿】の稼働を停止した……?」

そしてその誰かは……本来、結界を維持し守るべき、【封神四家】の誰か、ということになる。

【封神殿】の機能をどのように停止するかは、俺には知りようもない。だが、内部で大量の魔物を発生させる方法ならば簡単だ。

迷宮内部で大勢の人間を殺せば良いのだ。

大勢の人間の命を、迷宮に喰《く》わせれば良いのだ。

「なるほど……どうやらアンタの話は嘘じゃなさそうだ」

エヴァ・キルケーが俺に、こんな嘘を吐く理由が存在しない。また、【封神四家】が自らの瑕疵《かし》となるような嘘を吐くとも思えない。

この話が本当である可能性は、かなり高いだろう。

だから俺は、笑った。

「……くっくっくっ」

くつくつと笑ってしまう。

あまりにも——あまりにも、スタンピードの真相が下らなくて。

「アーロン、さん……？」

「落ち着くんだ、アーロン」

エヴァが顔を強張《こわば》らせ、ローガンが剣の柄《つか》を握った。

いかん。また警戒させてしまったようだ。

「ああ、すまん。別に怒ってるわけじゃない。むしろエヴァ嬢には感謝している。この話を教えてくれて」

「感謝、ですか……？」

「そうだ」

頷《うなず》きつつ、自分の顔を触ってみる。

俺は笑っていた。嬉しいのかもしれない。いや、嬉しいのだろう。なぜならば。

「自然災害なら、アイツらのために俺がやるべきことなんてない。だが、あれが誰かによる殺人だったなら、俺がやるべきこともあるだろう？」

行き場のないと思っていた感情を、発散できる相手がいたのだ。

気分は最悪だが、これはきっと嬉しいのだろう。だから、まだ詳しい話を聞く前だが、俺は決めた。

「協力しよう、エヴァ・キルケー。俺に、何をして欲しいんだ？」

●○●

「はあ……ドラゴンの逆鱗《げきりん》に触れながら、会話をしているみたいだったわ」

「それはそれは」

アーロン・ゲイルとの話し合いが全て恙無《つつがな》く終わり、彼が屋敷から去った後。

話し合いをしていた応接室のソファで、エヴァ・キルケーが深いため息と共に脱力した。

そんな彼女の姿を見て、対面のソファに腰掛けながら、ローガンは面白そうに笑った。

「本当に、いつ暴れ出すんじゃないかと思って恐かったんだから」

「お嬢も心配性ですな。犯人の一味というわけでもないのですから、彼が襲いかかって来る理由はないでしょう」

「それは頭では分かっているのだけど、ね。普通、私との話し合いであんなに殺気を放つかしら。これでもキルケー家のご令嬢よ、私？」

「お嬢に対して殺気を向けていたわけではないでしょう。強者というのは何処《どこ》かしらおかしいものですが、犯罪者じゃないなら、最低限の常識は持ち合わせているものですよ」

「……ローガンが言うと説得力が違うわね」

「恐縮です」

対面のローガンにじとっとした視線を向けて、それから諦めたように頭を振ると、エヴァはアーロンとの話し合いについて思い返した。

昨年のスタンピードの真相については話した。

その後、スタンピードを引き起こした犯人たちについても、現在判明していること、確証はないが推測している情報も含めて、アーロンには説明している。

全てはこちらの想定以上に、上手《うま》くことが運んだ。アーロンが自ら進んで協力する気になってくれたのだから。しかし、

「……あのレベルの強者を怒らせるのは、恐ろしいものね……」

思い出すと今でも鳥肌が立つ。

スタンピードが人為的なものだと説明した後、対面でアーロンが浮かべた笑み。

口では「怒ってるわけじゃない」と言っていたが、やはり怒っていたのだろう。その怒りが自分に向けられたわけじゃないと理解していても、思わず総毛立った。

「結局、《極剣《きょくけん》》の一員なのか確かめることもできなかったし……」

「そんなに気になるなら、聞けば良かったのでは？」

「簡単に言ってくれるわね……あの雰囲気で、そんなこと聞けるはずないじゃない」

対してローガンはあの時のことを思い出してか——なぜかにんまりと笑った。

「本気の殺意を抱いた彼と戦えるなんて……犯人どもに、嫉妬してしまいそうですすよ」

エヴァは頬をひきつらせて沈黙したが、何とか言葉を捻《ひね》り出した。

「…………ローガン、お願いだから、変なことはしないでね？」

「ふむ、もちろんです。善処しましょう」

めちゃくちゃ不安だった。

第3話「目的は【神骸迷宮《しんがいめいきゅう》】の完全踏破となる」

俺がエヴァ・キルケーの屋敷《やしき》で話をしてから、おおよそ一ヶ月が経《た》った頃。

ネクロニア探索者ギルドに所属する全探索者を驚愕《きょうがく》させる、幾つかの衝撃的な発表があった。

まず一つ。

現在の【神骸迷宮】攻略最深層である46層を攻略した「剣聖」ローガン・エイブラムスをはじめ、現役を退いていた何人かの伝説的な探索者たちがギルドに再登録した。

そして、そんな彼らを含む名の知れた「最上級」探索者五十一名で、一つのクランを結成するという発表があったのだ。

クランとは——複数の探索者と、それを支援する非探索者たちから構成される組織形態の一つであり、組織として役割の細分化と専業化を行うことで、迷宮探索や迷宮資源の回収などを効率化しようという目的の下、結成される。

このクランの名称は《迷宮踏破隊》で登録され、瞬《また》く間《ま》に探索者たちの間に知れ渡った。

理由は、この《迷宮踏破隊》が【封神四家《ふうしんよんけ》】主導で結成され、その支援も【封神四家】が行うと発表されたからだ。

しかも、【封神四家】のどこか一家が――という話じゃない。四家全てが協力して事に当たると明言されているのである。

こんなことは前代未聞《ぜんだいみもん》だ。

それだけに、これが冗談でも何でもなく、クランの目的を必ず達成するのだという【封神四家】の本気が窺《うかが》える。

《迷宮踏破隊》というクラン名からも分かる通り、このクランが結成された目的は「迷宮の踏破」だ。

【神骸迷宮】最深層は長い人類の歴史上、誰も到達したことがないとされている前人未踏の領域で、探索者ならば自分がそこへ辿《たど》り着くことを一度は夢想するだろう。

もしも最深層へ到達したなら、間違いなく英雄になる。その知名度と名声は凄《すさ》まじいものになるだろう。

ゆえに当然というべきか、多くの探索者たちが「俺もクランに入れてくれ！」と殺到することになった。

だが、この全てをクランマスターに就任したローガン・エイブラムスは一蹴する。

《迷宮踏破隊》は【封神四家】の意向によって結成されたクランであり、そのメンバーは全て、【封神四家】の各家から推薦された人材のみだ。

クランに所属するにはいずれかの【封神四家】から推薦を受けなければならず、これに例外はない。

そんなクランの一員に。

十二年もソロで活動してきた俺が所属することになったのは、何の因果かね。

●○●

ネクロニア探索者ギルド三階、大会議場にて。

集まった五十人の探索者たちを前に、剣聖ローガンが堂々とした口調で話し始めた。

「諸君、本日はお集まりいただき、ありがとう」

ここにいるのは全員が《迷宮踏破隊》のクランメンバーだが、どうやらソロで活動していた探索者はほとんどいならしいな。

いやまあ、ほとんどと言うか、二人だけだ。

一人は言うまでもなく俺で、もう一人はフィオナ・アッカーマン。

ちなみにフィオナは、俺の横の席に座っている。両腕を組んだ姿勢で、実に堂々とローガンの話を聞いていた。

「我々が勢揃《せいぞろ》いして迷宮攻略に臨むのは、41層の『竜山階層』からになる。そこまでは予《あらかじ》め、各自パーティーを組んで攻略してもらうことになる。クランのパーティー同士でレイドを組んでもらっても構わないし、私を含めた他のクランメンバーが支援しても良い。まあ、ここに集まった者たちならば、おそらくそんな必要はないと信じているがね」

ローガンの言葉に、当然だという雰囲気が会議場内に漂う。

クランメンバーは全員、「最上級」探索者だ。

現在、ネクロニア探索者ギルドによる探索者の区分には「下級」「中級」「上級」「最上級」の四つがあり、これは【神骸迷宮】での到達階層によって区分されている。

ちなみに31層まで到達していれば、最上級探索者と呼ばれる。

「さて――クランの目的としては【神骸迷宮】の完全踏破となるわけだが、そのためにも46層に転移陣を設置するため、【封神四家】の方々を46層まで護衛しながら連れて行かなければならない」

ローガンがクランの結成目的と当面の目標について説明していく。

【神骸迷宮】を探索する者たちにとってなくてはならない転移陣だが、現在、46層には設置されていない。転移陣がある最も深い階層は41層だ。

転移陣は【封神四家】の血族だけが持つ、特別な力によってしか設置することはできない。設置するためには、術者本人がその場所に足を運ばなくてはならないのだ。

以前、ローガンたちが46層に到達した時には術者は同行していなかったし、たとえ同行していたとしても守りきることはできなかっただろう。

だから今回は、クラン全員で45層の守護者に挑むことになっている。

そのためにもまずは、四家の術者たちを1層から順に41層まで護衛し、転移陣に登録させる必要がある。迷宮の転移陣は使用者登録をしないと、使うことができないからだ。

「まあ、長々と説明ばかりしていてもしょうがない。我々が全員集まる機会はそう多くないと思うので、顔合わせの意味も含めて自己紹介でもしようか。まずは私から」

と、ローガンは自身の名前、ジョブ、最高到達階数などを告げて、簡単に自己紹介した。

さすがにローガンの情報は、ここにいる全員が知っているだろうから、特に質問があがることもない。

「さて、それでは次に――」

ローガンが他の探索者を指名していき、指名された探索者たちが次々と自己紹介していく形になる。

さすがに最上級探索者たちだけあって、半数以上が固有ジョブに覚醒していた。まるで固有ジョブのバーゲンセールだぜ。

そして固有ジョブ以外は、当然のように上級ジョブだ。

それぞれの到達階層については、ほとんどが36層以降に到達しているようだ。だが、41層まで到達している者たちは全体からすれば少ない。それだけ40層の守護者が手強《てごわ》いということでもある。

「──ありがとう。それでは次は、フィオナ嬢、よろしく頼む」

他の探索者たちを観察したりしていると、あっという間に自己紹介の順番が隣のフィオナにまで回ってきた。残るは俺とフィオナだけなのだが、何となく、これにはローガンの作為を感じざるを得ないな。

ともかく──促されて頷《うなず》いたフィオナは立ち上がり、堂々としているんだか淡々としているんだか分からない感じで自己紹介を始める。

「私はフィオナ・アッカーマン。ジョブは固有ジョブの『剣舞姫』よ。普段はソロで活動してるけど、守護者戦の時は他所《よそ》のパーティーに入れてもらったりもするわ。迷宮の最高到達階層は40層よ」

「──ありがとう。それじゃあ、次で最後だな。アーロン、頼む」

意味深に笑うローガンに促されたので、立ち上がって自己紹介する。

会議場中の探索者たちから視線が集中するのを感じながら、俺は口を開いた。

「俺はアーロン・ゲイルだ。ソロの探索者で、ジョブは『初級剣士』。迷宮の最高到達階層は41層だ」

実は前までは36層が最高到達階層だった。しかし、エヴァ嬢たちに協力するには迷宮深層へ行く必要があると知って、この一ヶ月で41層まで進んでいたのだ。

まあ、俺も二年前よりはだいぶ強くなっていたのか、不思議とリッチーほどは苦戦しなかったな。とはいえ――、

「おいおい、ソロで41層だって？　何の冗談だそりゃ？」

「しかもジョブが『初級剣士』って嘘《うそ》だろ？」

「っていうか、誰かあのおっさんのこと知ってる奴《やつ》いるか？」

「あ、俺知ってるぜ。確か『剣舞姫』の師匠とかいうおっさんじゃねぇか？　地下訓練場で戦ってるのを見たことがある」

大会議場はたちまちざわめきに包まれた。

どうも俺を知っている奴らもいるみたいだが、大半は……というか、九割くらいは懐疑的な表情だな。

まあ、そりゃ信じるわけないか。ソロで41層って、我ながら結構な無茶をしている自覚

はある。っていうか誰がおっさんだ。俺はまだ二十七歳だ。

――何にせよ、俺は嘘を吐《つ》いているわけじゃないのだから、後ろめたく思う必要もない。

自己紹介は終わったことだし、さっさと着席した。

「――ありがとう。これで全員の自己紹介は終わったな」

そしてローガンは何事もなかったかのように司会進行を再開する。

「さて、せっかく皆で集まったのだし、今日は全員で親睦を深めるのはどうだろう？　酒場にでも行って、皆で飲もうじゃ――」

「――ちょっと待てよッ‼」

ローガンの言葉を遮って、立ち上がり大声をあげた男がいた。

茶髪でツンツン頭の鋭い目つきをした青年だ。

「うん？　君は確か、《バルムンク》のリーダーのカラム君だったね。どうかしたかね？　何か疑問でも？」

「どうかしたかじゃねぇだろッ‼」

白々しいローガンの言葉に、憤慨したようにカラム君が叫ぶ。それから後ろを振り返り彼が指差したのは――俺だった。

「『初級剣士』なんてクソザコジョブで41層まで行けるわけがねぇッ！　そんなふざけた

ことを抜かすペテン師野郎が何でこのクランにいるんだよ‼」

残念ながら、カラム君の言葉に異を唱える探索者はいなかった。

そりゃそうだよなぁ、という顔や、さっさとペテン師野郎を追い出せよ、という顔、あるいは何でアイツ嘘吐いてんの？　という困惑の顔。

誰一人として俺が真実を話したと思っている者はいない。

さて、どうするべきか――と考え始めたところで、隣の奴が勢い良く席を立った。

「何よアンタ！　何か文句あるってのッ⁉」

まるで噛《か》みつくような怒声。フィオナである。

一方、フィオナに睨《にら》まれたカラム君は「え⁉」という顔をした。

「い、いや、今のはアンタに言ったわけじゃ……」

関係ない奴が怒ればそうなるよね。

「っていうか、おい、フィオナ。何でお前が怒ってるんだ？」

「はあッ⁉　そんなことも分かんないわけ⁉」

なぜか俺も怒られることになったんだが。いや、分かんねぇよ。

「アンタは一応私の師匠ってことで知られてんのよ！　それに私がアンタに負けてるところを訓練場で見ている奴らもいるんだから、アンタの実力がバカにされたら私までバカにされたことになるじゃない‼」

まあ、言ってることは分かるが。

「ふぅ〜む、カラム君」

そこで話に入って来たのは、ローガンだった。

「ここにいる者たちは全員、【封神四家《ふうしんよんけ》】の方々によって推薦された者たちだ。その実力は推薦者が保証しているとも言える。それに異を唱えるということは、推薦者を疑うことにも等しいのだが……分かっているのかね？」

お前は【封神四家】が実力を見る目もない無能だと、そう思っているのか？

ローガンの言外の問いに、カラム君は流石《さすが》に口ごもった。だが、それでも自分は間違ったことを言っていないという確信があるのだろう。反論するように口を開く。

「う……ッ⁉ で、でもよッ⁉ あんなホラ吹き野郎を信じろってのか⁉ 41層からは全員で活動するんだろ⁉ 足手まといのせいで死ぬのは俺は御免だぜッ⁉」

その言葉に、同意するような雰囲気が会議場中に漂う。

ローガンはそんなクランメンバーたちの考えを見て取ってか、「ふむ、これは困ったな」と俺に顔を向けた。

「【封神四家】の方の推薦を疑うのは問題だが、探索者として、実力が疑われるのはもっと問題だと思わないか、アーロン？」

「困ってるなら、そのにやけ面を引っ込めろよ、ローガン」

面白いことになったと笑いながら言うんじゃない。

「アーロン、全員に実力を示す必要があると思うのだが、どうかね？」

いつもなら、いくら実力が疑われようと気にする理由はないのだが、今回ばかりは事情が異なる。このクランに所属しなければ、スタンピードの犯人どもをこの手で追い詰めることができないからな。

今、クランから外されるわけにはいかない。

俺は立ち上がって、言った。

「良いぜ、全員が納得する実力を見せてやる」

●○●

ペテン師呼ばわりされた後、クランメンバー全員でギルドの地下訓練場に来た。

クランメンバーたちが遠巻きに見つめる中、俺とカラム君たちは訓練場の中央付近で向かい合っていた。

まあ、もう分かると思うが、これから俺とカラム君たち《バルムンク》で試合形式の立ち合いを行い、それによって俺の実力に対する疑念を晴らそうというわけだ。

俺は対面に立つカラム君たちを観察する。

リーダーのカラム君は槍《やり》を使って戦う戦士職、その更に固有ジョブである《剛槍士《ごうそうし》》。

他のパーティーメンバーは二人が男性で、一人が女性の計四人。

内訳は大きな盾と片手剣を装備した大柄な青年が《上級盾士》、弓を装備した長身だが細身の青年が《上級弓士》、そしてローブを身に纏《まと》った小柄な女性が火術師の固有ジョブ《フレア・ウィッチ》——だったはずだ。

（文句を言わせないためには、圧倒的に勝つ必要があるな）

最善手で勝つのではなく、圧倒的な力量差を見せつけて勝利する。そこまでしなければ俺の目的は果たせない。敵がどの段階で襲って来るか分からない以上、ただのクランメンバーでは肝心な時に蚊帳《かや》の外という可能性もある。

できればクランでも中心的な立ち位置を確保しておきたいのが本音だ。

「それじゃあ双方、準備は良いかね？」

対峙《たいじ》する俺たちの中央付近に立ったローガンが確認する。

「ああ、大丈夫だ」

「こっちも構わねぇぜ」

俺とカラム君が頷いた。

「よろしい。では……」

ローガンが手を振り上げ——そして、振り下ろす。

「……始めッ！」

瞬間、カラム君と弓士の二人が、同時にスキルを放った。

槍士スキル——【ホーミング・ジャベリン】

弓士スキル——【オーラアロー・レイン】

追尾機能を備えたオーラの槍が真《ま》っ直《す》ぐに飛翔《ひしょう》し、曲射されたオーラの矢は、空中で弾《はじ》けて無数の矢に分裂し、広範囲に矢の雨を降らす。

槍だけなら【化勁刃《かけいじん》】で弾くことは造作もないが、無数の矢も全て弾き返すのは、【化勁刃】では流石に無理だ。

回避は困難。

ならば一度に全てへ対処する。

俺は薙《な》ぎ払うように、大きく剣を振るった。虚空《こくう》を掻《か》いた剣線から飛び出した膨大なオーラが、瞬時に無数の刃《やいば》と化して、竜巻のように俺の周囲で逆巻いた。

我流剣技【連刃《れんじん》】、【化勁刃】——合技【連刃結界】

俺を中心に逆巻く無数の刃の竜巻。その小さな刃一つにでも触れたものは、その軌道をいなされ、あらぬ方向へと飛んでいく。

【ホーミング・ジャベリン】は地面へ激突し、無数の矢の雨は傘に弾かれる雨粒のように、周囲へ散っていった。

「――はあッ⁉　なんだそりゃあッ⁉」

こんな防がれ方は予想外だったのか、カラム君が目を見開いて叫ぶ。

しかし、彼が驚いたのも一瞬だ。すぐに気を取り直したように、その顔に勝ち誇った笑みを浮かべた。ちょっと頰が引きつっているが。

「だけどよぉ！　選択をミスったなペテン師野郎ッ‼」

先の攻撃に対処している間に、俺の周囲に膨大な魔力が照射されている。

これは遠隔地に魔法を発動する際に行われる魔力照射だ。つまり、カラム君と弓士の攻撃は魔法を発動するまでの時間稼ぎに過ぎなかった。

俺の周囲で魔法が発動する。

広範囲を対象とした大規模魔法だ。しかし、それにしては発動が速すぎる。

おそらく、戦闘開始前から術式を構築しておき、発動一歩手前で保持していたのだろう。遅延術式と呼ばれる手法だ。

卑怯《ひきょう》とは言うまい。勝利を目指すなら当然の策。

発動したのは、超高温の炎の竜巻。

火炎魔法――【ファイア・ストーム】

今も俺の周囲に展開されている【連刃結界】でも、これを散らすことはできない。

だが、【連刃】は体外に放出したオーラを操作する剣技であり、技の途中からでもある程度の変化を起こすことができる。

我流剣技【連刃結界】変化――伏技【轟連刃《ごうれんじん》】

逆巻く刃の結界が、途端にその性質を変化させる。

弾く性質から、爆発する性質へと。

無数の刃たちが炎に触れ、一斉に爆発した。

「なッ⁉　自爆ッ⁉」

炎のカーテンの向こう側で、カラム君たちが驚愕《きょうがく》する声が聞こえた。

だが残念ながら、これは自爆ではない。確かに【轟連刃】の爆発に俺自身も巻き込まれているが、爆発にはある程度の指向性を持たせている。すなわち刃の向いている方向――渦の外側へ。加えて――、
我流戦技――【気鎧《きがい》】

全身にオーラを纏い、炎と爆発の余波を完全にやり過ごす。
元は盾士系のジョブで覚えるスキル、【オーラ・アーマー】の模倣。
「さて……そろそろ良いか」
足の裏にオーラを集束する。
我流戦技――【瞬迅《しゅんじん》】
炎が晴れた瞬間、俺は一気に間合いを詰めた。接近したのは盾士の青年。
「あ、えッ!?」
一瞬で距離を詰めたこちらの姿に驚きつつも、盾士の青年は迅速に反応して見せた。
前へ構えた盾と、彼の全身を大量のオーラが包み込む。
盾士スキル――【オーラ・シールド】
盾士スキル――【フォートレス】
一瞬で二つのスキルを発動し、かなり堅固な守りを固める。
対する俺は、彼の構えた盾へ向かって剣を振り下ろした。
我流剣技――【閃刃《せんじん》】
「ええッ!? 嘘《うそ》でしょッ!?」
オーラの盾が斬り裂かれ驚く盾士の青年へ、手首を返してさらに一歩踏み込み、剣を斬り上げる。

我流剣技【轟刃《ごうじん》】変化――【轟衝刃《ごうしょうじん》】

盾に剣が接触した瞬間、低くこもったような爆音がした。

爆発の性質を吹き飛ばすものから、浸透する衝撃力へと変化させる。彼の盾から衝撃が全身へ伝播《でんぱ》していく。

「がッ――!?」

衝撃によって気を失った青年が、糸の切れた人形のように倒れ伏す。

その背後、直前まで盾士の体に隠れて死角になっていた場所から、カラム君がこちらの不意を突くような一撃を繰り出した。

「くたばれペテン師野郎ッ!!」

槍技スキル――【オーラ・スラスト】

螺旋《らせん》を描くオーラの矛先が、こちらを抉《えぐ》り貫こうと迫り来る。

その先端に俺は剣を合わせた。

我流剣技――【化勁刃】

オーラとオーラの反発が槍先を大きく弾き飛ばした。体勢を崩したカラム君が大きく両目を見開く。そんな彼へ向かって、俺はその場で剣を振り抜いた。

「く、くそぉおおおおおおおおッ‼」

我流剣技──【飛刃《ひじん》】

オーラの刃でカラム君を吹き飛ばした俺へ、すかさずオーラの矢と炎の弾丸が降り注ぐ。

「おっと」

だが、その追撃も予定調和でしかない。予測していた俺は【瞬迅】によってその場からすぐさま退避し、距離を取って残る二人へと視線をやった。

弓士の青年と火術師の少女は、攻撃を回避されて頬をひきつらせている。

前衛職を失った後衛職二人、倒すのにさほどの時間は掛からなかった──。

●○●

ギルドの地下訓練場でカラム君たちと戦った翌日。

ギルドから程近い場所にある安酒場で飲んでいると、ようやく待ち人が現れた。

「よう、待ったか？」

「ああ、だいぶ待ったわ」

俺が座っているテーブル席に近づいて来たのは、左目を眼帯で隠した隻眼の男──かつて俺が所属していた探索者パーティー《栄光の剣》のリーダーをしていたリオンだ。

実はこいつ、去年のスタンピードを機に今は探索者を引退して、ギルドの職員として働いているのだが、ギルド側から派遣された《迷宮踏破隊》の協力員でもある。

表向きはクラン運営の補助等を行っているが、裏ではスタンピードの真相究明に当たり、諜報《ちょうほう》活動なども行っていた。

「おう、悪いな。仕事が長引いちまってよ」

リオンは同じテーブル席に座り、店員にエールとツマミを頼むとこちらに向き直る。

「……で、今日はどうしたいきなり?」

店員が注文の品を運んで来るのを待って、ようやく本題に入ることにした。

ただ飲みに誘ったというわけではないだろう。長い付き合いなんだ。そんなことはコイツの顔を見れば言われなくても分かる。

俺の問いに、リオンはしかし、惚《とぼ》けるように口を開いた。

「クランの方はどんな感じなんだ? 確か昨日は、お前が年下のムカつく探索者に因縁つけてボコボコにしたんだったか?」

「全然ちげぇわボケ。俺はどんな外道なんだよ。……俺が『初級剣士』だって事と、ソロで41層行ってることが信じられなかったみたいでな。本当だって証明するために、模擬戦することになったんだよ」

「ほぉん。で、信じてもらえたのか？」

「いや、それが誰も信じてくれなかった。ああ、いや、41層まで行ったってことは信じてくれたみたいだが、『初級剣士』の方は嘘扱いだな。限界印も入れ墨だって思われた……」

本当のことしか言っていないのに信じてもらえないのは、正直ちょっと悲しい。

「まあ、だろうなぁ。覚えてもいねぇスキルを自力で再現するなんてこと、普通はできねぇし。俺だって昔のお前を知ってなかったら信じらんねぇよ」

どうも端から見たら上級ジョブや固有ジョブのスキルを使っているようにしか見えないので、常識的に考えて『初級剣士』の方が嘘だと思われたらしい。

「おかげでクランメンバーとは妙に距離ができちまった」

「お、何だ？　昨日の宴会でハブられでもしたか？」

「いや……どうもクランメンバーに俺のファンが数人いたみたいでな。そんなことにはならなかったが」

「――ファンんんッ⁉」

俺がそう言った途端、リオンが腹を抱えてゲラゲラと笑い出しやがった。

「おいおい、ファンって何だよ！　自意識過剰か！」

「違《ちげ》ぇ！　ウッドソード・マイスターのファンだ！」

説明してようやく、リオンは苦しそうに笑い声を抑える。

「……ああ、そうか、木剣の。っていうか、探索者にもいたのか、木剣好き」

「お前、木剣を舐《な》めるなよ？　この都市だけで木剣マニアは八千人いるんだからな」

なお、月刊雑誌「木剣道」調べ。

「ふっ、木剣マニアて」

リオンは今にも笑い出しそうにニヤついていた。

殴りたい、その笑顔。

ムカついた俺は、こいつのニヤケ面を消すために最終兵器を出す。

「俺の顧客には他国の貴族もいる。ローレンツ辺境伯とかな」

「はいはい、他国の貴族様ね。ローレンツ辺境は——って、え？　マジ？　お隣さんの大物じゃん」

実のところ、マジだ。

『エルダートレントの芯木』から削り出した黒耀《こくよう》シリーズは、その実用性もさることながら、美術品としても高い評価を得ている。

このウッドソード・マイスターの顧客には他国の貴族が何人もいるのだ。ネクロニアでは【封神四家《ふうしんよんけ》】の一角、グリダヴォル家の現当主にも売ったことがある。

――ということまで、きっちり説明してやった。

「ま、マジかよ……！　俺ぁてっきり、お前が木剣なんて作り始めた時には遂《つい》に頭がおかしくなったもんだとばかり……そ、そんなに売れてるのか」

「ようやく気づいたか。この俺に金もコネもあるということに。頭が高いぞ」

「……なあ、先生よ。ウチの娘二人が、先生の木剣が欲しいって言ってるんだが」

「流れるように嘘吐《つ》くな」

ちなみにこいつは妻子持ちだ。

こいつの娘たちとは何度も会ってるが、そんなこと一度も言われたことねぇよ。

「まあ、そんなわけで仲良くなった奴《やつ》も何人かいるんだよ。俺が戦ってたパーティーのリーダー、カラム君って言うんだが、どうも彼も木剣マニアだったらしくてな。俺が黒耀を持ってることに嫉妬して、つい喧嘩《けんか》を売ってしまったらしい。俺が黒耀の作者だと知ったら懐《なつ》いてきた……」

「マジか、そいつチョロ可愛《かわい》いな。……で、実力を示した成果はあったのか？」

「ああ、とりあえず、【封神四家】の護衛役の座は手に入れた。表立って反対する奴はいなかったな」

「だろうな。……クラメンに怪しい奴は？」

「それはさすがに分かんねぇよ。昨日、顔合わせしたばっかだぞ。っていうか、向こうもすぐに分かるようには動かねぇだろ」

「だな。動くなら、迷宮の中でか……」

まあ、何にせよ全ては予定通りに進んでいる。

俺とリオンはその後も他愛のない話に興じていたが、リオンが何のために俺を呼んだのか判明することはなく、やがて店を出る時間になった。

店の外に出ると、途端に夜の涼やかな空気が肌を撫《な》でる。酔って火照《ほて》った顔に夜風が気持ち良かった。

「んじゃあな、リオン」

「おう」

店の前でリオンと別れ、家路につこうと踵《きびす》を返した——ところで、リオンが呼び止めた。

「アーロン！」

振り返ると妙に真剣な顔で、リオンがこちらを見ていた。

「どうした？」

「お前、死にたがるんじゃねぇぞ」

「………………」

「そんなことはあいつらだって望んじゃいねぇんだからな」

「……ああ、分かってる」

なるほど。頷《うなず》きつつ、ようやく合点《がてん》がいった。

リオンが今日、俺を飲みに誘った理由は、俺を心配してのことらしい。

そこまで俺が思い詰めているように見えたのか。

「ありがとな。大丈夫だ、無茶はしねぇよ」

柄にもなく深刻になっていたのだろうか、俺は。

何となく自分の顔を撫でてみた。

少し強張《こわば》っていた表情筋が、ほぐれていくような気がした。

そこで、ようやくリオンが安心したように苦笑する。

「ま、お前がバカなこと考えたら、ぶん殴って止めてやる。だから、生きて戻って来いよ、アーロン」

そう言ってこちらに背を向け、ひらひらと手を振りながら帰っていく。

俺はその背中を見送って、憑《つ》き物《もの》が落ちた気分で呟《つぶや》いた。

「……今さら復讐《ふくしゅう》って柄でもねぇか」

それでも、やるべきことはやると決めた。

何が何でもという気分ではなくなったが、俺の数少ないダチたちの、落とし前をつけるくらいは良いだろう――。

●○●

リオンと飲みに行った日から、さらに一週間が経過した日、俺は【神骸迷宮《しんがいめいきゅう》】への入り口がある【封神殿《ふうしんでん》】にいた。

ここから迷宮へ潜るのはいつもと同じだが、今回からはソロでの探索行ではない。しばらくの間、パーティーを組んで1層から順に41層まで進むことになる。しかも四人の護衛対象を抱えながら、だ。

言うまでもなく、かなりハードな道程になるだろう。

そのため、集まっている探索者はいずれもネクロニアで有名な者たちばかりで、これから迷宮に潜ろうとしている他の探索者たちから何事かと注目を集めていた。

「あれってまさか、剣聖？　それにあっちは賢者に隠者か……？」

「うおっ、《鉄壁同盟》じゃん！　格好いいな！」

「おいおい、《グリント》までいるぜ。トップ探索者の勢揃《せいぞろ》いじゃんか！」

「『剣舞姫』……初めてこんな近くで見た……」

「もう一人いるおっさんは誰？」

「な、なぁ、あっちの人たちってもしかして、【封神四家】の方々じゃないか……？」

遠巻きにこちらを眺めながら声を交わす者たちが多い。

現在、俺たちがいるのは【封神殿】の内部。

【封神殿】は円状に配置された巨大な列柱の上に、ドーム状の屋根がある構造だ。ただし、その規模は建造物としては凄《すさ》まじく巨大で、柱が描く円は直径三百メートルはある。

その内部中央には、【神骸迷宮】への入り口があった。

見た目は直径五十メートルの円形に穿《うが》たれた巨大な縦穴だ。穴の壁面に沿うように螺旋《らせん》状の階段が築かれており、1層へ降りる者はこの階段を下って行かなければならない。

上から穴の底を見下ろすと、途中に複雑精緻な魔法陣が縦穴を塞ぐように展開されているのが見える。これこそが【封神殿】と【封神四家】によって維持されている神代の結界であり、この結界を魔物が通り抜けることは決してできない。

迷宮の正式な出入り口は、この巨大な縦穴だが、ここ以外でも迷宮へ出入りする方法がある。それが転移陣であり、【封神殿】内部の床、縦穴の東側と西側に設置された魔法陣だ。

東側の転移陣が迷宮内部へ転移するもので、西側の転移陣が迷宮から外へ帰還するためのものだ。

転移陣を使えば縦穴の長い階段を下りていく必要はないが、今日ばかりはそういうわけにもいかない。なぜなら転移陣は転移先となる迷宮内の転移陣に使用者登録をしなければ使用できないからだ。

今はまだ、6層の転移陣にすら登録していない者がいるため、転移陣は使えない。

「さて、皆、準備は良いかな？」

集まった探索者たちと護衛対象たちを見回して、そう確認したのはローガンだ。

「私はいつでも行けるよ」

穏和な笑みを浮かべて答えたのは、イオ・スレイマン。

イオは空間属性を除いた全ての属性魔法を操れる固有ジョブ『賢者』に就いている男で、金糸で刺繍《ししゅう》の入った白いローブに、聖樹《せいき》の杖《つえ》と呼ばれる長杖《ちょうじょう》を握っている。穏和な顔立ちの優しげな男に見える。

「俺も問題ない」

イオに続いて短く答えたのは、エイル・ハーミット。

エイルは『隠者』と呼ばれる斥候、暗殺などの技術に優れた固有ジョブを持つ男で、黒い装束に身を包んでいた。肌は日に焼けており、刈り上げた短髪には白いものが混じって灰色に見える。ローガンとイオよりも外見的には年上に見えるのだが、肉体は鋼のように鍛え抜かれているのが服の上からでも分かった。

ローガン、イオ、エイル――この三人はかつて共にパーティーを組んでいた者たちで、45層を初めて攻略し、46層に到達した伝説の探索者たちだ。三人とも四十代半ばほどの年齢である。

ローガンたちのパーティーは、かつて六人パーティーだったのだが、45層の守護者戦で三人が死亡している。それがローガンたちが現役を引退した理由でもある。

「私も大丈夫です」

「俺も大丈夫だ」

俺とフィオナも返事をした。

――集まった探索者の残り十四人の内、二人は俺とフィオナだ。

「ローガンさん、僕たちの方も何時《いつ》でも行けます」

俺と同年代の、ガタイの良い男が答えた。

残る十二人は六名ずつの二パーティーで、今口を開いたのは探索者パーティー《鉄壁同盟》のリーダーだ。

名前はガロン・ガスタークで、ジョブは盾士系固有ジョブ。

体格が良く、常人なら重さで動けそうにないほどの重鎧《じゅうがい》に身を包んでいるが、返事をした顔は歳《とし》の割に童顔で、涼しげな表情を浮かべていた。

《鉄壁同盟》はクランでも数少ない40層を突破した者たちで、全員が盾士系ジョブという変わった編成をしている。

道中、彼ら《鉄壁同盟》には護衛対象の守りに専念してもらい、他の者たちが主に魔物を倒して先に進む予定だ。

ちなみに他のメンバーはフィオナと同じで二十代前半。男が三人に女が二人の、計六人。

「俺たちも大丈夫ですよ、ローガンさん。いつでも行けます」

そしてもう一つは《グリント》という名の、こちらも六人パーティー。

返事をしたのは《グリント》のリーダーであるジューダス・ハイペロンという男だ。剣士系固有ジョブの『閃剣士《せんけんし》』で、細剣を装備した金髪碧眼《へきがん》の二枚目風な優男《やさおとこ》。歳は二十代半ばくらいだろうか。

『閃光《せんこう》』の二つ名で知られていて、トップクラスの探索者として有名だ。

ジューダスは長い金髪を頭の後ろで結んで垂らし、迷宮探索にはそぐわない、少し派手めな衣服を身に纏《まと》っていた。戦いの邪魔にならない程度にアクセサリーも身につけており、伊達男《だておとこ》って感じだな。

《グリント》のパーティーメンバーは、ジューダスの他に剣士と槍士《そうし》が一人ずつ。魔法使いが二人に盾士が一人の、計六人。

以上十七人の探索者たちで、これから四人の護衛対象を守りながら、とりあえず41層を目指すことになる。

——で、肝心の護衛対象だが。

「やれやれ、このような穴ぐらに潜らないといけないとは……辛《つら》いね」

銀色の髪をさらりと掻《か》き上げて、貴公子然とした優男が気だるそうにぼやく。

カイル・アロン。年齢は十八歳。アロン家の四男で、ネクロニアでは放蕩《ほうとう》息子として評判の青年だ。

「わ、わわ、私、死にたくないですぅ……！　行きたくないですぅ……！」

目に涙を浮かべて怖《お》じ気《け》づいているのは、十六歳の少女でクロエ・カドゥケウス。長い黒髪を一本の三つ編みに纏め、さらに眼鏡をかけているからか、外見からして大人しそうな雰囲気が漂う。

元々はカドゥケウス家の分家の出自だったそうだが、【封神四家《ふうしんよんけ》】の血が濃く出たために養子として本家に迎えられたらしい。

「迷宮に潜るのは父上に禁止されていたからな。ようやく魔物と戦うことができるかと思うと……血が滾《たぎ》るッ‼」

護衛対象のくせになぜか戦う気満々なのが、ライアン・グリダヴォル。十七歳。刈り上げた赤髪も暑苦しい、大柄な少年だ。グリダヴォル家の三男坊。神代から続く魔法使いの家系なのに、なぜか剣技に傾倒しているという愉快な少年でもある。

「ライアン君、私たちは護衛対象なのですから、自分から戦おうとしてはいけません。46層に辿《たど》り着くまで、余計なことをしないで守られるのが私たちの仕事です」

「だがッ、エヴァさん！　それでは戦えないぞッ⁉」

「戦わないでください」

頭痛を堪《こら》えるような表情でライアンに注意しているのは、エヴァ・キルケー嬢。

改めて説明するまでもないが、カイル、クロエ、ライアン、エヴァの四人は【封神四家】の者たちで、その証拠に全員の虹彩《こうさい》が金色をしている。

彼ら四人の術者を46層まで連れていき、新たな転移陣を設置してもらうことが、《迷宮踏破隊》に課せられた当面のミッションになる――のだが。

「ちょっとエヴァ、大丈夫なの、これ？」

「私に聞かないで、フィオナ」

エヴァ嬢を除く【封神四家】の三人を見るに、不安に思うのは俺たち探索者側の総意であったに違いない。

「さて、ではそろそろ出発しよう。今回はとりあえず、三日の行程で21層まで到達することを目標にしている。《鉄壁同盟》は【封神四家】の方々の護衛に専念してくれ。魔物は私を含めた他十一名で相手をする。良いかな？」

「「了解！」」

《鉄壁同盟》のガロンたちが軍人のように頷《うなず》いて、俺たちは迷宮へ潜ることになった。

●○●

俺たち《迷宮踏破隊》十七人と、護衛対象である【封神四家】四人の探索行は順調すぎるほど順調に進んだ。

というのも、そもそも過剰戦力であるという理由もあるが、エヴァ嬢が持ってきた結界の魔道具と、クランメンバー全員に支給されたストレージ・リングが便利すぎたのだ。

結界の魔道具とは、文字通り一定範囲に結界を展開することができる魔道具で、ストレージ・リングとは物を亜空間へ収納できる魔道具だ。

どちらも空間魔法を使うことができる【封神四家】でしか作ることはできず、そのため非常に高価で稀少《きしょう》な魔道具である。特に結界の魔道具に至っては、王侯貴族であってもそうそう入手することはできない。

一方ストレージ・リングはそれなりの数が出回っているが、需要は全く満たせておらず、購入するだけの金はあっても、手に入れることは難しいのが実状だ。

俺たち《迷宮踏破隊》に支援の一環として支給された物は、三立方メートルの容量しかない最下級品らしいが、それでも水や食料、ポーションや魔物のドロップ品を背負う必要がないというだけで、探索はかなり楽になる。

迷宮の中で安全に野営することができ、しかも大量の荷物を持ち運ぶ必要がないとくれば、非戦闘員を四人抱えていることを加味しても、負担はかなり少なかった。

おまけに最上級探索者が十七人もいるとなれば、浅い階層や中階層の探索など、限りなくピクニックに近い何かと化す。

なので最初の探索で三日かけて21層まで到達した後は、一旦地上に戻って三日の休みを挟み、二度目の探索で31層を二日で目指すことになった。

おそらく、俺を含むクランメンバーたちは続けて潜っても何の支障もなかった。そのくらい、今回の探索は余裕だったのだ。

だが、肝心の護衛対象たちはそうではない。ライアン君だけは鍛えていたみたいで多少の体力があったが、それでも一般人レベルだ。ただ迷宮内を歩くだけでも、気力体力ともに相当の消耗があったのだろう。迷宮に入る前はあれだけ意気込んでいたのに、10層を越える頃には戦いたいなどとは、もう一言も言い出さなくなっていたのだから。

ましてや、女性のエヴァ嬢とクロエは……。

「これは……移動だけで、精一杯ですわね……!!」

「ひぃっ、はびゃぁ……っ！　も、もう……っ、おウチ、帰りたいですぅ……!!」

エヴァ嬢……は、さすがの自制心で外面を取り繕っていたが、クロエの方は乙女が人前で晒《さら》してはいけない顔をしていた。

ともかく、俺たちは一回目の探索で21層まで到達。【封神四家】の四人が息も絶え絶えになっていたことを除けば、特筆することもない探索行だった。

それから三日の休日を挟み、二度目の探索が始まった。

初日で予定通り26層に到達した。

21層から25層までは「密林階層」で、凄《すさ》まじく不快な環境だったが、戦闘については何の問題もない。全員の意見が一致し、できるだけ急いで駆け抜けることになった。

25層の守護者は大猩々《しょうじょう》と、そのお付きの猿ども。

俺、ローガン、イオ、エイル、フィオナ、ジューダスたちと、誰が戦ってもソロで倒せ

る程度の相手だったが、さっさと密林から脱出するために、全員で殲滅《せんめつ》することになった。

「おらぁッ!」

「数だけは多いわね!」

俺の【連刃《れんじん》】が猿どもに降り注ぎ、フィオナが【剣《つるぎ》の舞《まい》】を発動しながら【フライング・スラッシュ】を連発して一体一体確実に屠《ほふ》っていく。そして……、

「ふはははは!」

閃剣士スキル――【ファントム・ステップ】

閃剣士スキル――【フラッシュ・カルテット】

ジューダスは緩急織り交ぜた幻惑するような歩法で猿どもの攻撃を躱《かわ》しつつ、閃《ひらめ》くような速度で細剣を振るい、オーラの刃《やいば》を飛ばして取り巻きどもを斬り刻んでいく。

一見すると【フライング・スラッシュ】にも似ているが、その速度は恐ろしく速い。

どうやら閃剣士は素早い攻撃と連撃に特化したジョブのようだな。

一方、ローガンが【飛龍断《ひりゅうだん》】を放ち、イオが暴風魔法で切り刻み、気がつくとエイルが大猩々の心臓に短剣を突き立てていた。

別に競っちゃいないが、首級をあげたエイルはどこか得意気に見えた。

そして翌日、探索二日目のこと。

「リッチーとは私が戦うわ」

26層から30層、地下神殿のような「冥府階層」を探索していた俺たちだが、その最奥《さいおう》――守護者たるリッチーの待つ場所に辿り着いたところ、なぜか覚悟を秘めたような顔をして、フィオナが一人で戦うと言い出した。

●○●

迷宮を進む間、戦っている間、私はアーロンの姿を盗み見ていた。

アイツの様子はいつもと変わらない飄々《ひょうひょう》とした態度で、おかしいところは何もない。

だけど……本当に何も気にしていないはずはないと、私には分かっていた。

この「冥府階層」で初めてアーロンと出会ってから、それなりに長い付き合いがある。

態度は悪いし柄も悪いが、アーロンは基本的にお人好《ひとよ》しな性格だ。じゃなければ未《いま》だに私に、何の見返りもなく戦い方の指導などしてはくれないだろう。

最初にこの階層でアイツに出会った頃、私には強くならなければという焦《あせ》りがあった。その焦りのあまり、一応は助けてもらった相手に対して、攻撃的な態度で接してしまったわ。

私は女のソロ探索者で、ナンパやよからぬ考えで襲って来ようとする者など、男の探索者には警戒しなければならない理由もあったとはいえ、あの時のことは反省しているのよ。

それに、感謝もしている。アーロンのおかげで、私は確かに強くなった。そのおかげで去年のスタンピードでは、それなりの活躍をして名を上げることもできたのだから。

それまでは家族に探索者となることを反対されていたこともあって荒れていたけど、スタンピードで活躍してからは家族との蟠《わだかま》りも解消されて、それなりに落ち着いた……と思う。

自分でもアーロンへの態度はどうかと思っているし、改めた方が良いとは分かっているんだけれど……、

「ほらほらどうしたどうしたお嬢さん！　さっきから俺に一撃も当てられてねぇじゃねぇかへっへっへっ！　そんなもんかよ『剣舞姫』さんの実力はよぉ‼」

とか、模擬戦の度に挑発されたり煽《あお》られたりしたら、誰でも頭にくると思うの。

ううん、それだけじゃないわ。アーロンに弟子入りしたつもりはないのに、なぜかいつの間にか私がアイツの弟子だという噂《うわさ》が広がっていたり、噂を教えてくれた友人に問《と》い質《ただ》してみれば、アイツが色んな酒場で吹聴《ふいちょう》しているのが原因だったり、私がアイツのこっ、こっこっ……恋人なんじゃないかって噂まであったり‼

とにかく、そんなことが色々とあって、結局、謝る機会も態度を改める機会も逃してし

まったのよ。

……私も悪いけど、半分くらいはアーロンも悪いんじゃないかしら？

今思い返しても、ムカつく記憶が多々あるわ！

だけど、まあ……私がアイツに感謝しているのは本当のことよ。アイツが困っていることがあるなら、助けを求められたら、迷わず力を貸すくらいには、ね。

(でも、アイツは肝心なところじゃ、誰にも頼らないのよね……)

スタンピード直後の記憶を思い返すと、今でも胸が痛む。

アーロンの数少ない親友……リオンさんを含めた四人とは、私も少しだけ面識があった。

アーロン繋《つな》がりで顔を合わせたこともあるし、リオンさんたちは最上級探索者だったから、ネクロニアで活動していれば自然と話す機会もあったわ。

そんな人たちが三人、スタンピードで亡《な》くなった。

思い出すと胸が痛むのは、顔見知りが亡くなったからじゃない。親友三人が亡くなった時の、アーロンの落ち込みようを思い出すからだ。

まるで別人のように沈んで、放っておけばそのまま死んでしまいそうな雰囲気だった。

あの時も、アーロンは誰にも何も弱音を吐くことなく、誰かに何かを頼ることもなかった。それは断じて、心が強いからじゃないわ。自分が辛《つら》い時に辛いと気持ちを打ち明けることが、誰かに頼ることが、そのやり方が分からない奴《やつ》なのよ。

（これから《迷宮踏破隊》として活動するなら、きっとアイツは無茶をする）

「スタンピードの黒幕一味」を相手にするなら、アーロンはどんな無茶だってするはずよ。

そして相応の危険な場面には、これから幾らでも遭遇すると思う。

アーロンが強いことなんて分かっている。それでも、アーロン一人の強さでは越えられない危機がやって来るかもしれない。そんな時、アイツは誰かを頼るだろうか？

（——ううん、そうじゃない。認めさせてやるのよ！）

周囲の誰かを——何より、このフィオナ・アッカーマンを頼れる相手だとアーロンに認めさせるのだ。

私が《迷宮踏破隊》に参加した理由の半分以上は、そのためなのだから。

それはアイツに対する感謝と心配……から来る気持ちでもあるけれど、それだけじゃないことは、私自身、薄々理解していて。

だから、私は「冥府階層」最奥の間を前にして、こう言った。

「リッチーとは私が戦うわ」

私を見て、私を頼りなさい、アーロン・ゲイル‼

●○●

最奥の間に辿《たど》り着くなり、フィオナが正気ではなさそうなことを言った。

「……一人でやるつもりか？」

絶対に無理とは言わないが、フィオナにとっては少々厳しい相手であるのは確かだ。『剣舞姫』とリッチーの相性は良いはずだが、それは『剣舞姫』ジョブの特性を活《い》かす立ち回りあってのこと。

立ち回り方に失敗すれば、途端にアンデッドの軍勢に押し潰されることになるだろう。

だが、フィオナは退《ひ》くつもりのない表情で力強く頷《うなず》く。

「当然でしょ」

いったいなぜ一人で戦おうと考えたのか。実は道中の雑談でぽろっと溢《こぼ》した、俺やローガンたちがソロでリッチーを突破したことがある、という話に対抗心を抱いたのかもしれないし、自分の実力を試してみたいと思ったのかもしれない。

バトルジャンキーだしな、フィオナの奴は。十分にあり得る話だ。

「……まあ、やってみたら良いんじゃないか？」

ちょっと悩んだが、ここには俺もローガンたちもいる。危なくなったら助けに入るのは容易だろう。ここはフィオナに任せることにした。

「ちょっとフィオナ！　正気なの⁉」

「失礼ね、正気に決まってるでしょ。それに大丈夫よ、私ならやれるわ」

当然のようにエヴァは反対したが、フィオナは自信に満ちた態度で押し切って、単独リッチーに戦いを挑む。

最奥の間の扉を開けてフィオナが一人で入っていく。残る俺たちは扉の外側で待機した。

フィオナが中に入った瞬間、最奥にいるリッチーが無数のアンデッドどもを召喚する。

死霊《しりょう》魔法――【サモン・レギオン・アンデッド】だ。

「まずは……！」

フィオナは襲い来るアンデッドどもに対して、【剣の舞】を発動し、【フライング・スラッシュ】で距離を取りながらアンデッドどもの数を減らしていく。

双剣から放たれるオーラの刃は、回数を重ねる毎《ごと》にその威力を増していき、最初は一体を倒すのがやっとだった一撃が、すぐに二体、三体と増えていく。遂《つい》には【フライング・スラッシュ】一撃で五体のアンデッドを倒すほどにまで、威力が上昇する。

「次は……‼」

だが次の瞬間、斬撃の威力が元に戻った。

バフ効果が切れたわけではない。別のバフに切り替わったのだ。

実は【剣の舞】で強化される威力には上限がある。

ゆえに、【剣の舞】での強化が上限に達した瞬間、フィオナはさらに二つ目のスキルを発動したのだ。

剣舞姫スキル——【神捧《じんぽう》の舞】

それが発動した瞬間、【剣の舞】による強化が全てリセットされる。だが、ただ無意味にリセットされたわけではない。【剣の舞】によるバフ効果が身体能力の上昇などに転化されたのだ。

「いくわよ……ッ‼」

そしてまた、流れるようにオーラの斬撃を放ちながら、フィオナは再び【剣の舞】を発動して剣技の威力を強化していく。

【剣の舞】から【神捧の舞】を使い、また【剣の舞】を発動する。このサイクルを何度も繰り返すことで、自分自身を幾重にも強化できるのが、『剣舞姫』ジョブ最大の強みだ。

とはいえ無論、これにも欠点はある。

一つは【神捧の舞】による強化はおよそ二十分で効果が切れるということ。ゆえに、際限なく強化を重ねることはできない。

「はぁっ、はぁっ……くッ！」

戦いを続けるフィオナの呼吸が乱れ始め、苦しさに表情が歪《ゆが》む。

十分以上も全力戦闘を続ければ、いかに探索者とはいえ、体力を消耗するのは当然だ。

加えて、フィオナは常に【剣《つるぎ》の舞《まい》】を発動しているし、【フライング・スラッシュ】も多用しているから魔力の消耗も激しい。

「まだまだぁっ‼」

だが、体力はどうにもならないものの、魔力の問題は装備によって解決されていた。

フィオナの装備している双剣は、特殊な力を秘めた魔剣だ。その能力は倒した敵の魔力を吸収し、持ち主に還元するというもの。

つまりは敵を倒すことで魔力を回復することができるのだ。

現在のように、雑魚《ざこ》が無数にいる状況においては、魔力が枯渇《こかつ》する心配をしなくて良い。

最初の【神捧の舞】による強化が切れる、おそらくはその数分前。

強化に強化を重ねたフィオナが本格的に攻勢へ転じた。

「――はぁあああああッ‼」

【ダンシング・オーラソード】で剣を二本、自分のそばに顕現させたフィオナは、アンデッドの軍勢の中に飛び込み、最奥のリッチーへ向かってただひたすらに突き進む。

両の双剣を振るい【フライング・スラッシュ】を乱れ撃つ。二本のオーラソードが縦横無尽に舞い、アンデッドどもを切り刻む。強化に強化を重ねたフィオナを止めることは有象無象のアンデッドには不可能だ。

「ぐっ⁉　邪魔よッ‼」

スケルトン・メイジの魔法が直撃。だが、前へ進む足は止まらない。

今のフィオナならば、多少攻撃を喰《く》らったところで致命傷を受けるどころか、仰《の》け反ることさえない。

フィオナは圧倒的な力量でもって大多数を駆逐していき、アンデッドの軍勢という分厚い盾をぶち抜いた。

最奥《さいおう》のリッチーの前に辿り着いた時、その全身には無数の打撲の痕や切り傷が刻まれていたが、まだまだ戦闘には支障がない。

リッチーが自らの杖《つえ》をフィオナに差し向け、初めて攻撃魔法を発動する。

暗黒魔法――【ダーク・ランス】【ダーク・ジャベリン】【ダーク・バレット】

一瞬で放たれる無数の魔法。質量を伴った暗黒の槍《やり》がフィオナの足元から突き出され、暗黒の投槍がリッチーのそばから幾つも撃ち出される。それらを舞うような足運びで回避したフィオナに、今度は暗黒の弾丸が雨霰《あめあられ》と降り注ぐ。

だが、それら全てを【スピード・ステップ】で回避したフィオナが、遂に間合いの内にリッチーを捉えた。

「これで……終わりよッ‼」

剣舞姫スキル――【終閃《ついせん》の舞】

一際《ひときわ》激しい剣舞が披露された。振るわれる両の双剣から放たれるオーラの刃《やいば》は、【フライング・スラッシュ】とは比較にならない鋭さだ。剣閃《けんせん》が虚空《こくう》に刻み込まれたように、残光となってその場に残る時には、すでに刃が対象を斬り裂いている。

それまでフィオナが積み上げた【神捧の舞】による強化を、攻撃力に変換して放つ強力な攻撃スキル。

残光が消え去った時、リッチーは為《な》す術《すべ》もなく幾撃もの斬撃によって、全身をバラバラに斬り刻まれていた。

「はぁっ、はぁっ……勝った……っ」

魔力還元されていくリッチーと共に、アンデッドの軍勢が光の粒子と化して送還されていく。

そんな中、肩で息をしながら勝利を宣言したフィオナは、力尽きたようにふらりとよろめき――、

「ずいぶん無茶したな、おい」

戦闘終了と共に広間へ駆け込んだ俺は、倒れそうなフィオナを背後から抱き留めた。

まさかここまで無茶するとは思っていなかったぜ。

「アーロン……」

俺に体重を預けたまま、フィオナは上目遣いでこちらを見る。

いつもなら「触るんじゃないわよ！」くらい言いそうな奴なのだが、さすがにそんな元気もないのか、こちらの腕の中から逃げようともしない。ただ、

「ふふんっ、どうよ……勝ったわよ！」

得意気な顔で、ニッと笑った。

「そうだな……」

続けて、何と答えようか迷ったが、フィオナが何を望んでいるのかは何となく分かったので、ニヤリと笑い、冗談めかして答える。

「ずいぶん腕を上げたじゃねぇか。俺の指導のおかげだな」

「ふんっ、言ってなさい。すぐにアンタも抜かすわよ」

と、生意気に言い返すフィオナだったが、その表情は満足そうだ。よほど勝てて嬉《うれ》しかったらしい。

「――フィオナ！　無茶しすぎですわよ‼」

そんな俺たちの下へ、遅れてローガンたちがやって来た。

一番最初に駆け込んできたエヴァ嬢が、怒ったように言いつつフィオナに駆け寄る。

「おやおや、そんなに弟子が心配だったのかね、アーロン君」

「わぉお、見せつけてくれるねぇ」

「イオ、ジューダス……」

続いて、イオとジューダスがニヤニヤしながら話しかけてきた。

野郎どもの下劣な邪推に、思わず顔をしかめてしまう。

だが、こういう輩《やから》は否定すると余計に絡んでくるからな。俺は敢《あ》えて笑みを浮かべて言った。

「ああ、フィオナが無事で、安心したぜ」

「ふぇっ⁉」

「まあ！」

なぜかフィオナとエヴァ嬢が声をあげた。

●○●

った。

31層へ辿《たど》り着いた後、地上へ戻った一行は再び三日の休日を挟み、疲れを癒《いや》すことにな
その休日の二日目、フィオナはエヴァに呼ばれてキルケーの屋敷《やしき》を訪れていた。

「――それで？　いったい何の用で呼んだのよ？」

問う声は不思議に反響している。それは二人のいる場所が、もうもうと湯気の立つ大浴場だからだろう。

一緒に夕食を取った後、エヴァはフィオナをお風呂《ふろ》に誘ったのだ。理由は言うまでもない。人間、リラックスした時が最も心のガードが緩むからである。

「そうね。単刀直入に聞くわ」

湯船に浸《つ》かりながら、回りくどい真似《まね》はなしだと、エヴァは直截《ちょくせつ》に問う。

「……愛して、いるのね？」

「……はあ？」

フィオナは乙女にあるまじき顔で眉間に皺《しわ》を寄せた。

自身も湯船に浸かりながら、エヴァの胸元――湯船に浮かぶ巨大な双丘を親の仇《かたき》のように睨《にら》みつけた。

「引き千切るわよ？」

「何でですの⁉」

思わず自分の胸を守るように両腕で隠したエヴァ。その動作がさらに豊かな双丘を強調する形となってしまって――持たざる者であるフィオナの機嫌をますます損ねる。

「チッ……」

「ちょっ、その態度、淑女としてはしたないわよ、フィオナ！」

「……じゃあ、友人のゴシップに興味本位で首を突っ込むのは、淑女としてはしたなくないのかしら？」

「そ、それは……っ」

口ごもり、だが、エヴァは即座に自身の行動を正当化した。

「興味本位で聞いたんじゃありませんわ！　一昨日《おととい》の無茶が、そのせいじゃないのかって心配なんですのよ！」

「はあ？　何で私がアーロンのために無茶しなきゃいけないのよ。バカバカしい」

と、フィオナが吐き捨てて。

「あらぁ？　私、別にそれがアーロンさんだなんて一言も口にしていませんけれど？」

フィオナの失言に、エヴァは鬼の首を取ったかのように笑った。

「…………ッ⁉」

「うふふ、へぇ……やっぱり、そうなんですのねぇ……‼」

自分の失言に気づいて真っ赤に上気するフィオナへ、粘着質な笑みを浮かべてエヴァはススッと近づいた。

無論、言うまでもないことだが……エヴァは友人のゴシップに興味本位で首を突っ込みたいだけだった――。

●○●

三日の休日を挟み、三度目の探索、一日目。

31層から35層までは通称「廃都階層」と呼ばれる場所で、廃れた都市のような場所を延々と探索することになる。

ただし、都市といっても人間の都市ではない。

――巨人《ジャイアント》の都市だ。

周囲に広がる廃墟《はいきょ》都市は全てが巨大で、人間用に作られた物ではないことが分かる。

出現する魔物は全て巨人《ジャイアント》。

身長が四メートルを超えながら、誰も彼もが隆々とした筋肉に鎧《よろ》われている巨人《ジャイアント》ども。

その戦い方は、人型だけあって、俺たちのような人間とほとんど変わりはない。

だが、ただの蹴りや拳打が、武器による叩《たた》きつけが、初級魔法ですら、巨人《ジャイアント》のサイズから繰り出されれば必殺の一撃となる。

このレベルの敵が相手となると、さすがに《鉄壁同盟》も【封神四家《ふうしんよんけ》】の四人を守ることに忙しくなる——かと思えば、そうでもなかった。

《迷宮踏破隊》の面々にとっては、ここはすでに通りすぎた階層だ。

現れる巨人《ジャイアント》たちを各人で蹂躙《じゅうりん》しながら、巨大な都市の中を突き進む。

そしてその日の内に、あっさりと35層に到達した。

守護者がいるのは、どこか【封神殿《ふうしんでん》】を彷彿《ほうふつ》とさせる丸屋根の巨大な宮殿の中だ。

扉を開けて中に入ると、そこは最奥に玉座のある、謁見の間のような広間。

玉座に座り待ち構えていた守護者は、道中に出現する巨人《ジャイアント》と比べても一際大きい。身長は十メートル近くあり、全身に刺青を入れている。禿頭《とくとう》で筋骨隆々、惜しげもなく肌を晒《さら》しており、急所だけを軽鎧《けいがい》で覆った姿。武器を持たず素手だ。

だが、もちろん侮《あなど》ることなどできない相手。それは巨人《ジャイアント》の目を見れば分かる。

金色の瞳が傲然と、侵入者たる俺たちを見下ろしていた。

——巨人王ノルド。

それがこの階層の守護者の名前であり、かつて太古の世界で地上に君臨していた巨人《ジャイアント》たちの王。その「再現」だ。

ノルドの伝説的な活躍と勇名は、今の時代にも語り継がれている。

そしてノルドの金色の瞳は、【封神四家】の金色の瞳と同じく、神の血を引く存在であることを示している。

かと言って、ノルドが「空間魔法」を使うわけではない。

半神半人としてノルドが持つ力は、巨人《ジャイアント》としてさえ桁外れに頑強な肉体と、膨大な魔力。そして雷鳴魔法だ。

伝承によっては「雷神ノルド」と呼ばれることもあるほどの、力ある存在。

本人とは比べようもないほど弱体化しており、その能力や技術の全てが「再現」されているわけではないにせよ、なおも圧倒的な力を持つことに変わりはない。

俺たちが近づくと、ノルドも悠然と玉座から立ち上がった。

「……皆、気を引き締めていこう」

「「了解」」

ガロンが静かに《鉄壁同盟》の仲間たちに注意を促す。

ノルドの雷鳴魔法がエヴァたちに放たれたら、その前に立って守るのはガロンたちだ。

すでにこの階層を突破している彼らにしても、ノルドの攻撃を防ぎ切るのは容易ではない。

そして実際に、ノルドの攻撃を防ぐ機会があると考えているのだろう。だからこその緊張。きっと激戦になるとの予感。

雷鳴魔法は回避することが難しく、ノルドの皮膚にはオーラが巡り、下手な金属鎧などよりも余程に頑強。おまけにその生命力は凄《すさ》まじく、四肢が吹き飛んだ程度なら、戦闘中に再生してしまうという化け物ぶりだ。

マトモに戦ってノルドに勝利できる探索者は、そう多くないだろう。

それゆえ、ノルドと戦ったことのある探索者たちの一部は、ノルドのことをこう呼ぶ。

曰《いわ》く――【神骸《しんがい》迷宮】最強の守護者、と。

「――憐《あわ》れで愚かな、矮小《わいしょう》なる虫ケラどもよ、かかって来るが良い。我が相手をしてやろッ⁉」

ノルドが俺たちを睥睨《へいげい》し、その口から傲岸不遜なセリフを吐いた。

その途中、言葉が切れる。

ノルドの胴体が両断され、全身に裂傷が走り、太い首がハネられ、頭部が床に落下する途中で爆炎に包まれて木《こ》っ端《ぱ》微塵《みじん》に弾《はじ》け飛んだ。

何が起こったかというと、俺の【飛閃刃《ひせんじん》】が胴体を両断し、ジューダスの十連撃スキル――【フラッシュ・デクテット】が全身を切り刻み、ローガンの【飛龍断《ひりゅうだん》】が首を断って、イオの火炎魔法が頭部を爆散させたのだ。

「え、ええ……」

「「「………」」」

覚悟を決めて身構えていたガロンたちが、夢でも見ているかのように呆然《ぼうぜん》とし、ゆるゆると構えを解いた。

マトモに戦ってノルドに勝利できる探索者は、そう多くない。

だが、ノルドとマトモに戦う探索者も、そう多くない。

迷宮の守護者としての巨人王ノルドには、ある致命的な弱点があった。

奴《やつ》は最初の攻撃を避けない。真正面から攻撃を受け、自慢の肉体で弾き返して探索者を絶望させる。自らの絶対的な力の誇示。なぜか、必ずそういった行動を取る。

だから最初だけは探索者は溜《た》めの大きい大技を放てるし、しかも必ず命中するのだ。

最初の攻撃で倒し切ることができるなら、ノルドは脅威ではない。

倒し切ることができなくても、戦闘に支障が出るような深傷《ふかで》を負わせれば、その後に勝利することも難しくない。

そして結果は御覧の通りだ。

今回は四人だけで攻撃したが、通常（?）は、パーティーまたはレイドの全員で一斉に攻撃を放つのがお決まりの攻略法だ。

集めたメンバーの攻撃力が十分であれば、何の苦労もなく倒せるだろう。

まあ、何はともあれ、35層突破だ。

●○●

三度目の迷宮探索行。その二日目。

俺たちは36層にいた。

36層から40層はどこまでも雪原が広がる「雪原階層」だ。

建物や遮蔽物の類いは存在しないが、とにかく広い上に同じような景色が延々と続き、おまけに迷宮の中では方位磁石も意味をなさないから、迷ってしまう探索者も多い。

予《あらかじ》め下層に通じる場所を調べていない場合、階段を見つけるだけでもかなりの時間を費やしてしまうだろう。だが、問題は環境だけじゃない。

「四人の守りを最優先しろッ！　耐えておけばローガンさんたちが倒してくれるッ！」

「「「おうッ‼」」」

次々と襲い来る魔物どもは猛吹雪に隠れ、先に戦闘能力の低い四人を狙ってくる。

それを守るのは、六人全員が盾士系のジョブである《鉄壁同盟》だ。深層の魔物とはいえ、守護者でもない雑魚《ざこ》に守りを抜かれることはない。

何のスキルをどんなふうに使ったのかは分からないが、エヴァたち四人を中心に《鉄壁同盟》が等間隔に円陣を組んで盾を構えると、まるで結界のような半球状のオーラが展開された。

それはかなり強固なようで、襲い来る魔物どもの攻撃にもびくともしない。

そうして時間を稼いでもらえれば、後は簡単だ。

足場が悪いとはいえ、それならそれで戦う術《すべ》は幾らでもある。

厳しい環境と魔物の奇襲には悪戦苦闘しながらも、これだけの探索者が集まって倒せない魔物など、この階層に現れるはずもない。俺たちは順調に先へと進んでいった。

そして――遂《つい》に辿《たど》り着いた【神骸迷宮】40層。

だだっ広い雪原の一角で、最上級探索者でさえ敗北することの方が多い、強大な守護者と相対する。

――《氷晶大樹《アイスエレメンタル・トレント》》。

水晶のような透明な結晶で構成された、巨大な樹《き》。

高さは三十メートル近くあるだろう。幹の太さは植物というよりは、もはや巨大な建造物のようで、枝の先に繁《しげ》る葉の一枚一枚も透明だ。空から降り注ぐ陽光が《氷晶大樹《アイスエレメンタル・トレント》》の内部で反射し、まるで自ら光り輝いているかのように見える。

幻想的で、どこか神秘的でさえある、そんな光景。

「皆さん、戦いを始める前に、各人の役割についてもう一度確認しておきましょう」

《氷晶大樹《アイスエレメンタル・トレント》》が反応しない、遠く離れた場所で一旦立ち止まり、ガロンが言った。

「ローガンさんたちには僕が改めて念押しするまでもないと思いますが、エヴァ様たちにもある程度の覚悟をしてもらわないとなりません」

「……どういう、ことかしら？」

ガロンの言葉に、エヴァが微《かす》かに不安そうな表情で首を傾《かし》げた。

「それは、私たちが危ないということ？」

「いえ、何があってもエヴァ様たちは守り抜きます。それが僕らの役目ですから」

エヴァ嬢の問いにガロンがきっぱりと断言する。だが、その後に「ですが」と続けた。

「今回の戦いは、かなりの長期戦になります。エヴァ様たちが戦うことはないと言っても、精神的にも肉体的にも、かなり消耗することになるでしょう。そのことは覚悟しておいてください」

「ああ、そういうことね……。もちろん、覚悟の上よ。弱音なんて吐かないから、安心してちょうだい」

「お願いします」

エヴァ嬢が覚悟の決まった顔で言い、ガロンは彼女に頷《うなず》き返す。そして今度は俺たちの方へ向き直り、各人をぐるりと見回した。

「確認しておきたいんだけれど、《氷晶大樹《アイスエレメンタル・トレント》》の戦い方は把握しているかな？」

全員がそれぞれに頷く。

《氷晶大樹《アイスエレメンタル・トレント》》の情報はギルドで公開されているから、たとえ戦ったことがなくても調べれば分かる。

ガロンは全員が頷いたのを確認してから、真剣な表情で続けた。

「僕たちはヴァルキリーからエヴァ様たちを守るのに集中します。だから戦闘はローガンさんたちに任せきりになってしまうのですが、当然、かなり長丁場になるはずです」

まず、戦闘が開始されると《氷晶大樹《アイスエレメンタル・トレント》》は二十四体のゴーレムを生み出す。もちろん、ただのゴーレムではなく、非常に高性能で強力なゴーレムだ。

――《氷精の戦乙女《ヴァルキリー・アイスゴーレム》》。

ヴァルキリーたちの厄介なところは、ゴーレムのくせに空を飛んで魔法までも使うことだ。使う魔法は氷雪魔法一属性に限定されているが、空を飛ぶ相手が強力な遠距離攻撃の手段を持っていることが、どれほど脅威かは言うまでもないだろう。

だが、最も厄介なのは守護者である《氷晶大樹《アイスエレメンタル・トレント》》に他ならない。

ヴァルキリーたちを生み出した後、《氷晶大樹《アイスエレメンタル・トレント》》は必ず一つの魔法を使う。

氷雪魔法――【ブリザード・ストーム】

猛吹雪が《氷晶大樹《アイスエレメンタル・トレント》》の周囲に展開され、さらに渦巻く風の中には無数の氷の礫《つぶて》が高速で廻《まわ》っている。その威力は凄まじく、中に一歩でも踏み込めば、人間の体などたちまち原型を留《とど》めないほど破壊されるだろう。

――かといって外側から《氷晶大樹《アイスエレメンタル・トレント》》を攻撃しようとしても、吹雪の防壁に遮られて攻撃が届くことはない。

ゆえに、【ブリザード・ストーム】が《氷晶大樹《アイスエレメンタル・トレント》》の魔力切れで解除されるまで、探索者たちは延々とヴァルキリーの相手をさせられることになるのだが……このヴァルキリーどもは、ゴーレムだけあって補充も容易であるらしい。

倒せば倒した分だけ、《氷晶大樹《アイスエレメンタル・トレント》》によって補充されるのだ。無論、ゴーレムを生み出すのにも魔力を使っているはずだから、ヴァルキリーを倒せば《氷晶大樹《アイスエレメンタル・トレント》》

を消耗させられる、ということでもあるのだが。

そこは流石《さすが》に迷宮の守護者だ。リッチーが無尽蔵とも思える膨大な魔力を誇っていたように、《氷晶大樹《アイスエレメンタル・トレント》》もリッチー以上の膨大な魔力を持つ。

つまるところ《氷晶大樹《アイスエレメンタル・トレント》》との戦いとは、ヴァルキリーを倒しまくって《氷《アイス》晶大樹《エレメンタル・トレント》》の魔力を枯渇《こかつ》させ、【ブリザード・ストーム】を解除させたところで本体を倒す——という流れにならざるを得ないのだ。

一瞬の強さなら巨人王ノルドに軍配が上がるかもしれないが、総合的な強さと厄介さなら、《氷晶大樹《アイスエレメンタル・トレント》》の方が圧倒的に上回る。

おまけにノルドのように間抜けな弱点があるわけでもない。

間違いなく、長い戦いになるだろう……。

しかし、俺は真面目な顔をしてガロンたちの会話を聞きながら、思っていた。

——早く帰りてぇな……と。

ゆえに、ガロンが戦闘の注意点や作戦について確認するのを遮って、声をかける。

「——ガロン」

「何ですか、アーロンさん?」

「話し合いの内容を否定するようですまんが、さっさと倒すことにしようぜ」

「──はあ？」

俺の言葉にガロンだけではなく、その場のほぼ全員が呆《あき》れたような顔をする。

ローガンたちおっさん三人組だけは、面白そうな、あるいは興味深そうな顔をしていたが。

「ガロン、お前の言いたいことも分かるが、聞け。俺には秘策がある」

「……秘策、ですか？　それを使えば、《氷晶大樹《アイスエレメンタル・トレント》》を楽に倒せるとでも？」

そんな方法があるなら、とっくに広まっているはずだとでも言いたいのだろう。尤《もっと》もな意見ではあるが、その認識は俺に限っては間違いだ。

「おいおい、俺を、誰だと思ってやがる？」

俺は自信満々に告げた。

「……アーロン・ゲイルさん、ですよね？」

「違う」

「えっ⁉」

確かに俺はアーロン・ゲイルだが、今言いたいのはそんな当たり前のことではない。

俺は言葉にせずに答えを示すように、トントン、と腰の黒耀《こくよう》を叩《たた》いて見せた。

その瞬間、察しが良いのか、ジューダスがパチンッと指を鳴らしながら答えた。

「分かった！　もしかして、『ウッドソード・マイスター』……ってことかい？」

「ふっ、正解だ。やるな、ジューダス」

　俺がそう告げると、ジューダスは得意気に「まあね」と笑った。

「ってか、よく俺が『ウッドソード・マイスター』だと知っていたな？」

　正解してもらって嬉《うれ》しいが、木剣マニアではなかったと記憶しているジューダスが、『ウッドソード・マイスター』を知っているのは正直意外だった。

　思わず首を傾げて問うと、ジューダスはニヤリと笑って肩を竦《すく》める。

「気になる同業者の情報は積極的に集めていてね。最初のクラン会議の後、アーロン、君のことも調べさせてもらったのさ。そうしたら他の探索者とはひと味違う情報が出て来たから、記憶に残っていたんだよ」

「ひと味違う……か」

　まあ、俺ってば確かに凡人とは違うかもしれない。

　なんせ木剣業界の巨匠と呼ばれているからな。天才職人と呼んでもらっても構わない。

「驚いたよ、色んな意味でね……」

「だろうな」

　俺は深々と頷いた。

「いやいやッ⁉　ど、どういう意味ですか⁉」

対してガロンは目を白黒させている。未《いま》だに意味が分かっていないようなので、説明してやる。

「俺は木剣を作る時、その素材は必ず自分で採ってくる。職人としての拘《こだわ》りだ」

「ええ……？　あの、ええ……？」

「木剣の素材とは、何だ？」

「え、それは」

「そう、木材だ！　普段はエルダートレント材を使っているが、それ以上に優秀な素材があれば、もちろんそれで木剣を作ってみたいとも思っている……」

「…………」

「もう、分かったんじゃないか？　俺たちがこれから倒そうとしているのは、何だ？」

「……《氷晶大樹《アイスエレメンタル・トレント》》ですね」

「そうだ。つまり、木材だ」

俺は初めて40層を突破した後、一人の木剣職人として、当然のこと《氷晶大樹《アイスエレメンタル・トレント》》のドロップを素材にできないかと考えた。

だが、《氷晶大樹《アイスエレメンタル・トレント》》はエルダートレントの芯木よりも遥《はる》かに加工難度が高く、未だに木剣を作ることに成功していない。数少ない素材も、すぐに尽きてしまった。

だからこそ、俺は素材を手に入れるため、40層に何度も挑んでいた。40層の攻略自体には、そこまで時間がかからなかったからな。クランを結成するまでにも、何度か挑む時間はあったのだ。

しかし、毎回長時間の戦闘をしなければならないのは、さすがに辛《つら》いし効率も悪い。ゆえに、どうにかして短時間で《氷晶大樹《アイスエレメンタル・トレント》》を倒すことはできないかと考え、試行錯誤した。

その果てについ最近になって、ようやく見つけた攻略法がある。

「本当は誰にも教えたくなかったんだが……仕方ない。特別、だぞ?」

「は、はあ……それで、一応聞いておきますけど、どうするつもりなんですか?」

「最初から本体を攻撃して、さっさと倒せば良い」

「いやだから、それができないから長期戦になるんじゃないですか」

当然、誰もがそう反論するだろう。だが、俺は自信満々に教えてやった。

「できるさ。《氷晶大樹《アイスエレメンタル・トレント》》の【ブリザード・ストーム】を抜けるのは無理だが、上は開いている。つまり、空から【ブリザード・ストーム】の内側に入っちまえば、本体に攻撃できるって寸法だ」

「「…………」」

「ひゅ～、そいつは凄《すご》いね！」

俺の天才的な秘策を教えてやったと言うのに、ジューダス以外のほぼ全員が白けたような視線を向けてきた。

分かっている。そんなことはできないとでも言いたいのだろう。

もちろん、魔法使いでもない俺が空を飛べるわけもない。

だが、空を飛ぶのではなく空を走るのなら、俺にも可能なのだ。

「人間は鍛えれば、空中も足場にできるからな」

「……いや、それはおかしいでしょ」

ガロンが頑《かたく》なに否定してくるが、俺は自信満々に告げた。

「まあ、百聞は一見に如《し》かず、だ。実際にやって見せるから、見てろ」

そう言って、俺は黒耀を引き抜くとオーラを持続的に流し込みながら、《氷晶《アイスエレメンタル・》大樹《トレント》》の方へ向かって歩き始めた。

●○●

右手に剣を提げながら《氷晶大樹《アイスエレメンタル・トレント》》へ向かって歩いていく。

そして彼我の距離が残り二百メートルを切った頃だろうか、《氷晶大樹《アイスエレメンタル・トレント》》が反応し、静かに戦闘態勢へ入った。

巨大な塔のごとき幹——その表面に、幾つもの波紋が浮かぶ。

まるで水面に小石を投げ込んだかのような波紋だ。

直後、同心円状に浮かんだ波紋の中心から、何かが浮かび上がってきた。水中から水面へ、ゆっくりと顔を出すかのようにして。

その形は人型。

美しい女性の姿を模し、軽鎧《けいがい》に多種多様な武器を装備し、背中からは二対四枚の翅《はね》を生やした存在。

——《氷精の戦乙女《ヴァルキリー・アイスゴーレム》》だ。

計二十四体のヴァルキリーたちは、完全に《氷晶大樹《アイスエレメンタル・トレント》》の幹から姿を現すと、重力に引かれて地面に落下するよりも先に、背中の翅を高速で震わせて空中に浮かび上がった。

声の代わりに翅の擦《こす》り合う、リィイイーンッという澄んだ音色を響かせながら、まるで宙を滑るような蜂のごとき動きで一気に加速し、こちらに接近してくる。

そしてヴァルキリーたちが自分の傍《そば》を離れたのを見計らったように、《氷晶大樹《アイスエレメンタル・トレント》》

が魔法を発動した。

氷雪魔法――【ブリザード・ストーム】

轟《ごう》っと風が唸《うな》り、渦を巻き、雪を巻き上げる。まるで竜巻のような白い風の渦の中へと、《氷晶大樹《アイスエレメンタル・トレント》》の姿が隠されていく。

白い風の内部は無数の礫《つぶて》が高速で飛び回り、あらゆるものの温度を急速に奪い絶命させる、死の領域と化す。

「さて……」

ヴァルキリーどもを見れば、すでに上空からこちらを囲むように旋回しつつあり、さらにこちらへ伸ばした腕の先には魔力が集束している。次の瞬間にでも多数の魔法が俺へ向かって放たれるだろう。

その瞬前。

俺は地面を蹴った。

我流戦技――【瞬迅《しゅんじん》】

足の裏でオーラが爆発し、勢い良く上空へ跳び上がる。

直前まで俺のいた場所を無数の氷槍《ひょうそう》――氷雪魔法【アイス・ランス】が貫いた。ギリギリでの回避。だが、空中のヴァルキリーどもは魔法を外したことに欠片《かけら》の動揺も浮かべ

ることなく、ただ虫のごとき無感情で効率的な反応だけを淡々と示す。奴《やつ》らはすぐに距離を詰め――、

「包囲か！　相変わらず芸がねぇな！」

しかし、対する俺は攻撃を選択しない。

倒したところで、すぐに次のヴァルキリーが補充されてしまうからだ。

「雑魚《ざこ》は無視！」

すでに足の裏へとオーラを集束している。集束したオーラを爆発させ、その反作用で空中を移動するための戦技を発動する。

我流戦技【空歩《くうほ》】――ではない。

【空歩】でも空中を移動するだけなら十分だが、高機動力を誇るヴァルキリーども相手に、【空歩】の機動力では物足りない。すぐに追いつかれ、囲まれてしまうだろう。だから発動するのは別の戦技。

我流戦技【空歩】【瞬迅】――合技【空歩瞬迅】

何もない虚空《こくう》を蹴りつける。

その動作と共に、足の裏で二種類の性質を異にする爆発が起こった。

【空歩】の広く拡散する爆発と、【瞬迅】の集束された爆発。

耳をつんざくような轟音《ごうおん》が鳴り響く。

二種の爆発は強力な反作用を生み、俺の体を強弓から放たれた矢のように、前方へ向かって弾《はじ》き飛ばした。

空中での超高速移動。

こちらを包囲していたヴァルキリーどもの間を抜け、さらにその先へ飛翔《ひしょう》する。

魔力感知。

包囲を抜けた俺の後を追うように、八体のヴァルキリーどもの魔力が、こちらへ近づいて来るのを感じる。残る十六体は、どうやらフィオナやローガンたちを攻撃するべく後ろへ向かったようだ。

八体のヴァルキリーたちが飛翔する速度は速いが……、

「残念だったな！　こっちの方が速《はえ》ぇ！」

――【空歩瞬迅】

――【空歩瞬迅】

続けて二度の爆発により、背後のヴァルキリーどもを引き剝がして飛翔する。

二百メートルの距離などあっという間に喰《く》らい尽くし、《氷晶大樹《アイスエレメンタル・トレント》》の真上へ到達。

自由落下の途中、遥か上空から眼下を見下ろす。

そこには巨大な水晶のごとく煌《きら》めく樹木と、その周囲で逆巻き吹き荒れる殺人ブリザードがはっきりと見えていた。ただし、真上はがら空きだ。

無防備に晒《さら》された渦の中心へと飛び込もうとして。

その寸前、俺の鼓膜を涼やかな高音が震わせた。

「新手は四体か！　ならッ！」

実際に目にした者は少ないだろうが、《氷晶大樹《アイスエレメンタル・トレント》》は自身が危険を覚えると、ヴァルキリーが倒されていないにも拘《かか》わらず、追加でヴァルキリーを放ってくる。

だが、短時間で生み出せる数には限りがあり、一気に何十体も放ってくることはない。

そして四体程度ならば――、

「わざわざ戦うまでもねぇ！」

空中で姿勢を制御。頭を真下に、足を天へ向けて、俺は最後の【空歩瞬迅】を発動した。

視界が高速で流れ、上ってきたヴァルキリーどもの脇をすり抜ける。

透明な樹木の樹冠が視界一杯に広がり――、
我流戦技――【気鎧《きがい》】

全身にオーラの鎧《よろい》を纏《まと》いながら落下し、樹冠を貫いた。

落下の勢いが急速に減じる。その結果生じた地面へ激突するまでの僅かな時間を利用して半回転。足を地面に向け、【空歩】を放って落下の勢いを無害と化すまで殺しきった。

それでも獣のように足をたわめて衝撃を殺し、《氷晶大樹《アイスエレメンタル・トレント》》の根本へと着地する。

――リィイイインッ！

吹き荒れるブリザードと大樹の狭間《はざま》。

だが、時間的猶予はない。

すでに大樹の幹から、新たに生み出されたヴァルキリーどもの上半身が飛び出していた。微《かす》かに翅を震わせ、今にも飛び立とうと準備している。しかし、

「ここなら見られねぇし、一撃で十分だ……‼」

剣を大上段に構える。

そこには戦闘開始前から注ぎ続けていた、膨大なオーラが集束している。

――ギィイイイイイイッ‼

と、目も眩《くら》むようなオーラの光に包まれた黒耀《こくよう》からは、まるで虫の鳴き声にも似た音が響いていた。

それは【飛閃刃《ひせんじん》】のようにオーラとオーラの反発ではなく、あまりにも凝縮されすぎたオーラが奏《かな》でる悲鳴だ。

正真正銘、俺の奥の手。

かつてリッチーに苦戦し、死にかけた経験から鍛錬を重ねて生み出した一つの技術。

二つの剣技を一つに纏めた「合技」──その、さらに先。

三つ以上の剣技を一つに纏め、膨大なオーラで強化して放つ技──極技。ただただ威力を追い求め、【スラッシュ】を極限まで発展させた剣技だ。

今回の探索メンバーに「敵」が潜んでいないという確信が持てない以上、使うつもりはなかった。だがブリザードに覆われて視線の通らないここならば、見られる心配はない。

我流剣技【巨刃《きょじん》】【重刃《じゅうじん》】【閃刃】を一つに纏める。

極技──【絶閃刃《ぜっせんじん》】

「喰らえ……‼」

ヴァルキリーの全身が幹から飛び出すより先に、袈裟《けさ》に剣を振り下ろす。

剣身から伸びた巨大なオーラの刃《やいば》が、閃《ひらめ》きのような速さで《氷晶大樹《アイスエレメンタル・トレント》》の塔のごとき幹を通り過ぎた。

直後、威嚇音のように鳴り響いていた音色がぴたりと止まる。

ズ……ッと、《氷晶大樹《アイスエレメンタル・トレント》》の幹に一本の亀裂が斜めに走り、そこを境として真《ま》っ直《す》ぐに伸びていた巨木がズレた。

滑るように《氷晶大樹《アイスエレメンタル・トレント》》の上側が地面へ落下していく。同時、周囲に展開されていた【ブリザード・ストーム】が消失し、巻き上げられた雪が重力に引かれてゆっくりと落ちてくる。近くに感じていたヴァルキリーたちの魔力反応も消えたのを確認して──俺は右手の中を見た。

「やっぱ壊れたか……」

そこには何もない。

俺が握っていたはずの黒耀は、【絶閃刃】を放つと同時に、塵《ちり》と化したように砕け散ってしまった。その僅かな残骸だけが、雪の上に散らばっている。

膨大なオーラを凝縮し、複数の性質を持ったオーラを一つに練り上げて放つ極技は、留《とど》めたオーラの内圧で、剣が耐えられずに崩壊してしまう。

黒耀は並の金属剣を上回る耐久度を誇るはずなのだが、それでもこの結果だ。

色んな剣で試してはみたのだが、今のところ、極技に耐え得る素材の剣は見つかっていなかった。

「まあ、今はストレージ・リングがあるからどうとでもなるが」

俺はストレージ・リングから新たな黒耀を取り出すと、剣帯に吊《つ》るした鞘《さや》へ納めた。簡単に替えを用意できるところが、木剣の素晴らしさの一つでもある。

それから、証拠を隠蔽するように黒耀の残骸に足で雪を被《かぶ》せた。

「これで良し……っと」

巨大な《氷晶大樹《アイスエレメンタル・トレント》》が魔力へと還元されて姿を消し、その下から下層へと続く階段が姿を現したのを確認すると、踵《きびす》を返して後方のフィオナたちと合流するべく歩き出す。

当然だが、ヴァルキリーたちに襲われていたはずのフィオナたちは全員無傷だった。

「ほ、本当に、一人で倒してしまいましたのね……」

「は、はひゃあ……人間じゃないですぅ……！」

合流すると、エヴァたち非戦闘員組は唖然《あぜん》としたような顔を向けてきた。

一方、フィオナやローガンたちはいつも通りだが、なぜかガロンが両膝を雪の上に突き、《氷晶大樹《アイスエレメンタル・トレント》》が消えた場所を呆然《ぼうぜん》と眺めている。

「ぼ、僕たちが倒した時は、ほとんど一日がかりだったのに……」

「リーダー、心を強く持つんだ」

「ほ、ほら、私たちは全員盾士系ジョブだから！」

何かショックだったらしいが、パーティーメンバーが手慣れた様子で慰めてるし、大丈夫そうだ。

アーロンが何もない空中を足場に、凄《すさ》まじい勢いで飛翔していった。

その後、こちらに襲いかかってきていたヴァルキリーどもが一斉に雪上へ落下し、動きを止めたことで《氷晶大樹《アイスエレメンタル・トレント》》が倒されたことを知る。

アーロンが文字通りに飛び出して行ってから、《氷晶大樹《アイスエレメンタル・トレント》》が倒されるまで、おそらく二十秒もかかっていない。

●○●

《氷晶大樹《アイスエレメンタル・トレント》》を見やると、巨大な竜巻のように逆巻いていたブリザードが消えていき、その奥で両断された《氷晶大樹《アイスエレメンタル・トレント》》が魔力還元され、消えていくところだった。

だが、完全に消える前に辛《かろ》うじて確認する。

倒されるまでの時間から察するに、ほぼ一撃だろうと予想してはいた。その予想が当たっていることを、巨大な幹の鋭利な断面が証明している。

「ローガン……見たか？」

傍《かたわ》らのエイルが問うのに、顔も向けずにローガンは答えた。

「ああ……見た」

声は囁《ささや》くように小さい。

それほどに、自分が見た光景が信じがたいものだったからだ。

今より十年以上も前、一度現役を引退するより前に、ローガンたちもアーロンと同じことを考えた。

すなわち、展開された【ブリザード・ストーム】の上から《氷晶大樹《アイスエレメンタル・トレント》》に肉薄し、直接攻撃することで戦闘時間を短縮することを。

だが、それは半分成功し、半分失敗した。

ローガンも空中を移動するためのスキルを持つが、アーロンのように一人で【ブリザード・ストーム】の内部へ到達することは叶《かな》わなかった。

仲間たちの援護によって迫り来るヴァルキリーどもを足止めし、ようやく【ブリザード・ストーム】の内部へ到達することができたのだ。

そこでローガンは、その時に使えた最強のスキルでもって、一撃で《氷晶大樹《アイスエレメンタル・トレント》》を倒そうとした。自分たちならば――いや、自分ならば、問題なくできると思った。疑ってさえいなかった。

なぜならば、いつも魔力を失った《氷晶大樹《アイスエレメンタル・トレント》》を倒す時、ローガンは一撃で片をつけていたからだ。

だから知らなかった。おそらく誰も知らなかったのだろう。きっと《氷晶大樹《アイスエレメンタル・トレント》》

を倒した探索者の誰もが、魔力の枯渇《こかつ》した《氷晶大樹《アイスエレメンタル・トレント》》にしか攻撃を加えたことがなかったから。

――硬いのだ。

魔力を残している《氷晶大樹《アイスエレメンタル・トレント》》は凄まじく頑丈で、ローガンの最強の一撃をもってしても、その巨大な幹の三分の一ほどを斬り裂くのが限度だった。

結局、《氷晶大樹《アイスエレメンタル・トレント》》を倒すまで三十分ほどはかかっただろう。

それでも十分すぎるほどに短い戦闘時間だ。正確に計った者などいないだろうが、《氷晶大樹《アイスエレメンタル・トレント》》戦でのワールドレコードと言って間違いないはず。

そしてあの頃よりも、今の自分の方が強くなっているという自信はある。

だが、それでも一撃で倒せるかと問われれば――答えは否だ。

「まさかここまでとは……俄然《がぜん》、真実味を帯びてきたじゃないか……!!」

荒唐無稽な都市伝説。

昨年のスタンピードで「核」となっていた災厄級の魔物を「一人」で倒したという存在

――《極剣《きょくけん》》。

もはやローガンはそれを否定する根拠を持たない。なぜならば、それが可能と思える剣士を実際に目の当《ま》たりに《あ》してしまったのだから。

「……ふ、ははっ」

ローガンは狂相とも呼べるような獰猛《どうもう》な笑みを浮かべながら、考えていた。

本気の自分と、本気のアーロン。

果たして、戦って勝てるだろうかと。

胸が高鳴る。

遠い昔、初めて恋をした時をも上回る高揚感。求めていた者を見つけた喜び。

ローガンはアーロンがこちらに戻ってくる前に、平静を取り繕うのに苦心する。

「…………」

そんなローガンの様子を、感情の読めない瞳でじっと窺《うかが》う者がいた。

第4話「見せてやるよ……最強ってやつをな」

暗闇。

何処《どこ》とも知れぬ無明の空間にて。

「──計画の変更を進言する」

「あら？　いきなりね。どういうことかしら？」

男の声が前置きもなしに告げ、女の声が詳細を問うた。

「《迷宮踏破隊》の件だ。今の戦力では失敗する確率が高いと判断した」

「ふぅん……根拠はあるのかしら？」

「特級戦力の三人」

確信を秘めた声音で男が答える。

しかし次の瞬間、口を開いたのは女ではなかった。

その暗闇の中にいた、三人目の人物。粗野な印象を覚える男の声がした。

「おいおいおい、ちょっと待てよ。クランにはアンタと俺を含めて、十三人の『適合者《アデプト》』

が潜入してるんだぜ？　剣聖や最上級探索者が相手とはいえ、始末するのはわけねぇよ」

「……と、言っているけれど？」

　女の確認に、計画に異を唱えた男が告げる。

「俺が危険視しているのは、剣聖や賢者のことではない。もう一人の特級戦力のことだ。お前は40層で見ただろう？　奴《やつ》が一撃で《氷晶大樹《アイスエレメンタル・トレント》》を倒すのを」

「……気に入らねぇな。まさか、この俺様が奴に負けるとでも？」

「お前に《氷晶大樹《アイスエレメンタル・トレント》》を一撃で倒せるのか？」

　その声に揶揄《やゆ》するような響きはない。ただひたすらに事実を問う無機質な声。

　だが、問われた方にとっては我慢ならない言葉であったらしい。暗闇の向こうから恫喝《どうかつ》するような声音が返る。

「おい、俺をその辺の雑魚《ざこ》どもと一緒にすんなよ？　舐《な》めてんのか、この『魔物喰《く》らい』をよぉ……ッ‼　《氷晶大樹《アイスエレメンタル・トレント》》ごとき、一撃で倒すのはわけねぇんだよ‼」

　――『魔物喰らい』。

　それは組織内において男に与えられた二つ名だ。

　当然ではあるが、有象無象の構成員に二つ名が与えられるわけもない。それは男が組織内において幹部級の実力者であることを証明していた。

二つ名は『適合者《アデプト》』の中でも高い「適合率」を持つ証《あかし》であり、常人ではあり得ない特別な能力を発現した者だけに与えられる。

チンピラのごとき粗野な口調とは裏腹に、男の実力と組織に対する貢献は本物だった。

「魔物喰らい、いちいち絡むな、鬱陶しい」

しかしながら、この場にいるのは全員が幹部級の者たちだ。『魔物喰らい』の恫喝に怯《ひる》むわけもない。

「アーロン……奴は《極剣》の可能性がある。だとしたら、まだ実力を隠しているはずだ。噂《うわさ》される《極剣》の功績が真実なら、適合率の低い『適合者《アデプト》』では戦力にならん」

「《極剣》ねぇ……」

女が考えるように呟《つぶや》いた。

常人とは比較にならない戦力を持つ彼らにしても、《極剣》の名は無視できないものがある。

彼らの組織が去年起こしたスタンピードは、その目的を無事に果たしている。ゆえに、《極剣》に邪魔されたという認識はない。

だがそれでも、スタンピードを単独ないし少数で鎮《しず》めた《極剣》という存在は警戒に値する戦力だった。

考え込む女に、男が続ける。

「奴を相手にまともに対峙《たいじ》できるのが俺と『魔物喰らい』の二人だけでは、取り零《こぼ》しが出るやもしれん。45層での襲撃は見送るべきだ」

「でもそうすると、《迷宮踏破隊》に46層へ到達されてしまうわ。46層には私たちが設置した転移陣も隠しているのだから、私たちが存在するという証拠を摑《つか》まれてしまうわよ？」

彼らの組織は隠然とした秘密結社だ。

存在を知られていないということが、活動するにあたってアドバンテージとなる。

だが、男は女の懸念《けねん》を否定した。

「そもそもスタンピードを起こした時点で、【封神四家《ふうしんよんけ》】には我々の存在を知られているだろう。転移陣が見つかったところで今さらだ。重要なのは奴らが迷宮を踏破する前に確実に始末すること。そうじゃないか？」

「まあ、確かにそうね……でも、そうすると貴方《あなた》には何か考えがあるのかしら？」

計画を変更するならば代案を出せ——ということだろう。

男は考える様子もなく、すぐに切り出した。

「離間工作を行う」

そして男は計画の詳細を語り始める。

全てを聞き終え——だが、女は了承しなかった。

「ダメね。そんなことをするくらいなら、取り零しがあっても45層で叩《たた》くべきだわ。全滅は無理でも、クランを壊滅に追い込むことは十分に可能だと判断するわ」

女にとってその計画の成算が高いようには思えなかったのだ。

「そうか……」

特に残念そうでもない男へ、「くはははははッ！」と『魔物喰らい』の嘲笑が放たれる。

「慎重ってのも、度を越せば美徳じゃないんだぜぇ？　残念だったなぁ？」

「チッ」

舌打ち。それから踵《きびす》を返す音がした。

「ならばお前たちはそのまま計画を実行すれば良い。俺は俺で行動させてもらう」

「待ちなさい！　勝手は許さないわよ！」

引き留める女の声にも、離れていく足音は止まらない。

「勝手？　勘違いするな。俺はお前たちの部下ではない。命令に従う義務はない」

そして男の気配は暗闇から消えた。

程なく、ため息を吐《つ》く女へと『魔物喰らい』が声をかける。

「ま、安心しろや。あの野郎がいなくても、俺たちだけで十分に始末できる範囲だぜ」

「……慎重すぎるのも考えものだけど、楽観すぎても困るわよ？」

幹部の一人が計画に異を唱えたのだ。

男の代案を蹴ったとはいえ、男の警告自体は軽視すべきではない。

だが――自信過剰にも思える言動とは裏腹に、『魔物喰らい』は慎重でもあった。それは当然と言えば当然だ。裏の顔とは別に、彼が最上級探索者であるのも事実なのだから、迷宮で生き延びるため相応の慎重さは兼ね備えている。

「41層までの探索で、特級戦力三人の実力はおおよそ把握した。その上で、多少上に見積もっても45層最奥《さいおう》で襲えば、まず間違いなく勝てるはずだぜ。……俺の能力、忘れたわけじゃねぇだろ？」

「……使うのね？」

その言葉に、『魔物喰らい』も《極剣》含む特級戦力を甘く見ているわけではないと知って、女は胸の内で安堵《あんど》する。

「ああ、奴らは勝利したと確信した瞬間、絶望することになる。アンタには特等席で《迷宮踏破隊》虐殺劇を披露してやるよ」

「そう……期待してるわ」

●○●

【神骸迷宮《しんがい》】15層にて。

俺は消えていくエルダートレントの巨体を眺めながら、改めて確信していた。

「まさかとは、思ったんだが……」

今はクランで41層へ到達した日から、さらに二週間ほどが過ぎている。

俺はこの間、木剣作りに勤《いそ》しんでいた。

40層の守護者である《氷晶大樹《アイスエレメンタル・トレント》》が落とすレアドロップ素材『氷晶大樹《アイスエレメンタル・トレント》の芯木』を手に入れた俺は、黒耀《こくよう》に次ぐ新たなる木剣を生み出さんと、試行錯誤していた。

まあ、以前からも失敗していたように、今回も失敗に失敗を重ね、素材が尽きて一人でまた40層に潜ったりもしていたんだが……その苦労の甲斐《かい》もあって遂《つい》に昨日、《氷《アイス》晶大樹《エレメンタル・トレント》》で新しい木剣を作ることに成功したのだ！

透明で美しく、きらきら光を反射し、白々と輝く……黒耀以上の芸術性を備えたこの木剣を、俺は「白銀」と名付けることにした。

ここ最近は「白銀」を完成させることに心血を注いでいたので、俺は久しぶりに黒耀を作ろうかと思い立った。というのも、《氷晶大樹《アイスエレメンタル・トレント》》から素材を集めるために、極技で何本か黒耀のストックを減らしてしまったので。

それに黒耀の注文は常に絶えることがなく、その納品日も近づいて来ている。

ゆえに一週間後に迫る探索前に、纏《まと》めて黒耀を何本か作っておくべく、自宅の一室を改造したアトリエで素材を確認してみたのだが、なんと黒耀用の木材が切れかけているではないか。

これでは注文分の黒耀を作るには全然足りない。

ゆえに、今日は素材を集めに15層までやって来たのだが……。

「やっぱり、そうだよなぁ……」

黒耀に纏わせた、静謐《せいひつ》なオーラの刃《やいば》を見て。

それからまた、ほとんど消えつつあるエルダートレントの巨体を確認する。

最近の俺はエルダートレントを倒す時、【重轟刃《じゅうごうじん》】で倒していた。これならば【連刃】を使うよりも魔力の消費が少なく、かつ素早く倒せるからだ。

だが今回、エルダートレントには【重轟刃】による爆撃で穿《うが》った穴は見当たらない。

巨大で太い幹は真っ二つにされ、斜めの切り口を晒《さら》していた。

使った剣技は【重飛刃《じゅうひじん》】一発。

今までは【重飛刃】一発でエルダートレントを倒すことなどできなかった。だが、今日はできたのだ。

ここに来るまで他の魔物を倒す時にも、ちょっと感じていた。

何やら今日は、凄《すご》く調子が良い、と。

だから何となくいけそうだと思い、【重飛刃】を放ってみた。そしたらなぜか倒せた。

こうなった理由は分かっている。別に新しい木剣である「白銀」を使ったから、というわけではない。今回も俺が使ったのは「黒耀」だ。


「まさか……木剣を作っていたら、強くなるとはなぁ……」


白銀だ。

白銀を作ったことで、俺はオーラをさらに精密に制御できるようになったのだ。

その結果、まあ簡単に言えば、戦闘能力が上がったんだよ。

いやいや、木剣を作っただけで強くなるわけねぇだろって?

俺もそう思うんだが、これは冗談でも何でもないんだ。

よろしい、詳しい経緯を説明しよう。

●○●

――百九十七本目。

指先から伸びる細長い円錐《えんすい》状のオーラで、『氷晶大樹《アイスエレメンタル・トレント》の芯木』を削る甲高い音が響いている。

ヂィイイイイイイッ‼

ピキッ、パキンッ‼

「ぬぅあああああああああああああッ‼」

亀裂の入る音。そして真っ二つに割れる音。

直後、俺は剣身が途中で割れた木剣もどきを、盛大に投げ捨てた。

「ぬあッ、ぬあッ、ぬあああああああああッ‼」

それから作業台に両の拳を何度も叩きつけ、この憤懣《ふんまん》やる方ない気持ちを吐き出した。

エヴァたちを41層に連れて行ってから、すでに一週間以上経過している。

ここは俺の自宅。その一室を改装した木剣製作のためのアトリエだ。

俺は『氷晶大樹《アイスエレメンタル・トレント》の芯木』を使って新たなる木剣を完成させようとしていた。

本来、『氷晶大樹《アイスエレメンタル・トレント》の芯木』は武器に利用されるような素材じゃない。

これは一度薬品で溶かさないと加工が難しいのだ。溶かした後は比較的簡単に固めることが可能で、色んな形に加工することができるのだが、その場合、白く濁ってしまう上に強度が著しく落ちるという欠点もある。本来は魔道具の触媒などに使われる素材だ。

だからこれを木剣という実用品かつ芸術品に仕上げようとする場合、必ずそのままで木剣の形に加工しなければならない。

『氷晶大樹《アイスエレメンタル・トレント》の芯木』は硬い。ハチャメチャに硬い。だが、硬いことと頑丈さはイコールではない。

こいつはほんのちょっと加工に失敗しただけで亀裂が走り、割れるのだ。

《氷晶大樹《アイスエレメンタル・トレント》》を削るような力を加えると、たちまち亀裂が入ってしまう。

木剣に加工するならば、長い時間をかけて研磨していくのが常道だろう。

だが、それではダメだ。

幸い、一回のドロップで得られる『氷晶大樹《アイスエレメンタル・トレント》の芯木』は木剣換算で数十本分の量になる。一度失敗したからと素材を頻繁に採りに行く必要はないが……。

「これが……俺の才能の限界だというのか……ッ!?」

さすがに失敗が優に百を超え二百に近づけば、自信も失おうというものだ。

鬱々とした感情が湧き上がってくる。

もうこんなこと、辞めてしまおうか。

人より少し上手《うま》く木剣が作れたからって、何になると言うんだ。もう十分に金は稼いだはずだろう。

俺が木剣を作らなければいけない理由など、何処《どこ》にもない……。

──本当に、そうか？

心の内でもう一人の自分──『ウッドソード・マイスター』が言葉を投げかけてくる。

おいおい、アーロン・ゲイルよ。

お前は何か理由を求めて木剣を作っていたのか？

金、地位、名誉、そんなものが欲しくて木剣を作っていたのか？ ──と。

俺はぎゅっと拳を握った。

「──違うッ‼」

──否。

否否否否ッ、断じてッ、否ぁああッ‼

俺が木剣職人を志したのは、そんな理由じゃないはずだろ⁉

俺は……俺が木剣職人を志したのは、単に木剣を作ることが楽しいから……そして、いつか至高の一振を完成させたいと夢見たから……そのはずだろッ‼

俺はもう一度立ち上がる。

いや、パキンッという破滅の音が鳴り響く度に「ぬぅああああああああああッ‼」と心を折られそうになりつつも、だが俺は何度でも立ち上がった。

もっと、もっとだアーロン・ゲイル……‼

お前なら必ず出来る。

指先から細長く円錐状に飛び出す【ハンド・オブ・マイスター】のオーラを、より精密に、より正確に制御するべく集中する。汗が目に入っても瞬《まばた》き一つしないほどの深い深い集中状態。

一気に削ってはダメだ。木材の声に耳を澄まし、一度に削って良い限界を見極めるんだ。

円錐状のオーラを僅かな狂いもなく、外から見れば静止しているように見えるくらいに歪《ゆが》みなく維持しながら、削るというよりは研磨するように、超々《ちょうちょう》高速で回転させるのだ。

オーラの僅かな揺らぎが『氷晶大樹《アイスエレメンタル・トレント》の芯木』に負荷をかけ、亀裂を入れてしまう。

ならば僅かな揺らぎもなく制御されたオーラならば、『氷晶大樹《アイスエレメンタル・トレント》の芯木』さえも自在に削ることが可能となる。

言葉にすれば簡単だが、およそ人間に可能とは思えないほどの神業だ。

並の職人なら諦めるだろう。

だが、できる！

俺ならば、やれるッ‼

集中して集中して集中して集中するッ‼

頭部の血流が過度に増加し、頭痛がするほどの集中力。

ヂィイイイイイイッ！　と響いていた音。【ハンド・オブ・マイスター】のオーラと『氷晶大樹《アイスエレメンタル・トレント》の芯木』が奏《かな》でる悲鳴のような音が、次の瞬間、澄んだ音色へ変化した。

チィイイイイイイイッ‼

そして俺の集中力が限界を超えた極限に到達した時――――世界が、広がる。

「――――ッ⁉」

それまで限界だと思っていたオーラの制御力。厳然として存在する高く強固な限界の壁。

それが一瞬にして取り払われたかと思えるほどに、滑らかにオーラが流れ出す。

壁を、乗り越えた。

その確信がある。

手足よりもなお精密に、自らのオーラを操ることができる。

――覚、醒……ッ‼

我流木剣工技——【真・ハンド・オブ・マイスター】

俺はその日、二百三本目にしてようやく、《氷晶大樹《アイスエレメンタル・トレント》》の木剣——「白銀」を作り出すことに、成功した。

●○●

苦心して削り上げた「白銀」は、しかし木剣としては欠陥品と言えるだろう。

強い力で叩《たた》きつければ簡単に割れてしまうからだ。だから普通の木剣と同じように扱うことは不可能。

ただし、俺は元々木剣を直《じか》に叩きつけていたわけじゃない。剣に纏わせたオーラで対象を斬り裂き、相手の武器や魔法をオーラで弾《はじ》いていたのだ。

ゆえに、俺が使う分には大きな問題もなく、黒耀《こくよう》と同じ感覚で使えるはずだ。

これだけならば「黒耀」の方が実用的と言えるが、実は「白銀」にはオーラを通すと氷雪属性が付与されるという能力があった。

攻撃に属性が付与されるならば、使い道は色々とあるだろう。なので、十分に「白銀」

は実用的な木剣と言える。

だがしかし、「白銀」を生み出すことで俺が得た一番大きなもの——それは極めて精密かつ強力な、オーラの制御力だろう。

白銀製作において感じた手足よりもなお精密にオーラを操作できる感覚は、あの瞬間ほどではないにせよ、今も続いていたのだ。

そのことがオーラを操って戦う俺にとって、戦闘能力の向上に直結している。

いやまさか、俺も木剣を作っていたら強くなるとか想像もしていなかったが、思い返してみれば、【ハンド・オブ・マイスター】で木剣を作り始めた頃から、急に色んな剣技や戦技を修得していったようにも感じる。

もしかしたら……これからは剣士の修行方法として木剣作りがスタンダードになる時代が、やって来るのかもな……。


「——いや、ねぇよ」


探索者ギルドから程近い場所にある、いつもの安酒場。

対面の席に座った隻眼の眼帯男——リオンが、呆《あき》れたような顔でそう言った。

明日にクラン全体での探索を控えたこの日、俺は久しぶりにリオンと飲んでいた。

「やれやれ……先駆者というのは、いつの時代も孤独なもの……か」

友の理解を得られず寂しげな微笑を浮かべる俺に、リオンは深いため息を吐《つ》く。

「アーロン……お前の頭がおかしいのはいつものことだから、まあ、いいが……それよりどうだった？　見つかったか？」

話題を変えるようにリオンが問う。

主語を省略した問いだが、何を聞かれているかは分かっている。

「いや、こっちはまだだ。今のところ怪しい動きをする奴《やつ》はいなかった」

俺はクラン結成から今日に至るまでを思い返して、若干拍子抜けしたように呟《つぶや》く。

「結局、個別にクランメンバーを襲っては来なかったな」

昨年のスタンピードを起こしたという「敵」。

エヴァの話からすると、こいつらには探索者に先へ進んで欲しくない理由があるらしい。

それゆえに《迷宮踏破隊》というクランを結成すれば、これを潰すべく襲ってくる可能性も考慮されていた。

だが、ここまで一人も襲われたクランメンバーはいない。

このクラン自体が「釣り餌」であると看破されているから、とも考えられるが。

「それだけ自信があるってことだろ。大勢を迷宮の中で一度に始末できるって自信がな」

リオンの言葉が真の理由なのだろう。

迷宮の外でクランメンバーを始末すれば、証拠を消すためには大変な手間を必要とするし、どれだけ証拠を消したと思っても完璧とは限らない。

だが、迷宮には内部で人が死ぬと、急速に分解して吸収するという性質がある。死体の処理には困らない上、しかも深い階層であればあるほど、他人の目を気にする必要もない。

証拠を残さず誰かを殺害するには、迷宮の深層というのは素晴らしく都合が良い場所だ。

「で、リオン。お前の方では何か分かったのか？」

「怪しい奴らはいるにはいるが……まったく確証はない」

リオンに水を向けてみれば、眉間に皺《しわ》を寄せながら歯切れの悪い調子で答えた。

「どういうことだ？」

「去年のスタンピードで都市防衛戦に参加しなかったパーティーで、しかもスタンピードの後から急に力をつけて最上級探索者になった奴らがいる」

「そいつは……疑うにはちょっと弱いな」

それだけだと怪しいとも言えないくらいの疑いだろう。こじつけ感が半端《はんぱ》ない。

だが、リオンは「分かってる」と頷《うなず》きつつ、続けた。

「とはいえ疑わしいのはそいつらくらいでなぁ。一応、ギルド情報部の諜報員《ちょうほういん》に頼んで、ここ数週間行動を追ってもらったんだよ。そしたら何度か尾行を撒《ま》かれた」

「ふぅむ……最上級探索者なら、尾行に気づいてもおかしくないし、気づいたら撒こうとするのもおかしくないと思うが……」

ギルドの諜報員は腕利《うでき》きの斥候ジョブばかりだ。

その尾行に気づくのは至難の業だが、最上級探索者なら不可能ではないし、尾行されてると分かれば警戒するのは当然だろう。

やはり、疑うにも理由が少し弱いな。

とはいえ、小さな手がかりでも知っているに越したことはないだろう。

「誰だ？」

との問いに、リオンは《迷宮踏破隊》所属のパーティーを二つ答えた。

「そいつは――――」

それは、特に片方のパーティーは、俺にとって意外な名だった。

とはいえ、まだ奴らが「そう」だと決まったわけではない。可能性は低いのだから、少し注意しておくぐらいがちょうど良いだろう。

「なるほどな……まあ、気にはしておくぜ」

頷くと、リオンは真剣な眼差《まなざ》しで忠告してきた。

「気をつけろよ、アーロン。誰が敵かは分からんが、クランの誰が敵でも手強《てごわ》い相手には違いねぇ。その上、最悪を想定するなら、襲って来るのは45層しかねぇんだからよ」

「ああ、分かってる。無茶はしねぇよ」

俺は気負いなく答えた。

誰かさんのおかげで、復讐《ふくしゅう》に我を忘れるほどには熱くなっていないのだ。

「ま、ぼちぼちやるさ」

来ると分かっているなら、それは奇襲でも何でもない。

釣糸の先の見えない獲物を確実に手繰り寄せるべく、落ち着いて冷静に行動しないとな。

俺は逸《はや》りそうになる心を鎮《しず》めるために、エールを呷《あお》った。

●○●

エヴァ嬢たちを連れて41層へ到達してから、三週間後。

遂《つい》に俺たち《迷宮踏破隊》が、クランメンバー全員プラス【封神四家《ふうしんよんけ》】四人の、計五十五人という大所帯で46層へ向かう日がきた。

全メンバーで【封神殿《ふうしんでん》】に集合し、多くの注目を集めながら転移陣にて転移する。

そうしてやって来たのが、全員が一斉に転移しても余裕のある、広々とした洞窟だ。

41層の転移先でもあるそこで、ローガンが改めてクランメンバーたちを見回した。

「さて――最上級探索者である諸君も、41層から先へ進んだ経験がある者は少ないだろう。もちろん事前に説明はしてあるし、各自で情報を調べてもいると思う。だが、確認も兼ねて『竜山階層』について、私からもう一度説明させてもらおう」

そう言って、ローガンは話し始める。

【神骸迷宮《しんがい》】41層から45層までは、「竜山階層」と呼ばれる階層が続く。

その名の通りに竜の住まう山となっており、階段を下りた先は山腹に開いた洞窟となっている。そこから外に出ると階層ごとに異なる環境の山が広がっている。

「下の階層へ続く階段がある場所はシンプルだ。どの層でも、必ず山頂に階段がある」

ちなみに、いわゆるドラゴンには多種多様な種族がいるが、より高位のドラゴンとなると「属性竜」と呼ばれ、非常に強力なブレスを使うようになる。

さらにより強力な力を持つ場合、他の個体と区別するために固有の名称が与えられる。

いわゆるネームドモンスターだ。

「『竜山階層』にはネームドモンスターが五体いる。45層守護者の他に、道中の41から44層まで、全てのフロアボスがネームドだ」

「竜山階層」では他とは異なり、一層ごとに階段を守護するフロアボスがいる。

「各階層での探索ルートは、すでに最短ルートを選定してある。踏破難易度としては多少高くなるが、これは非戦闘員が四人いるため、彼らの体力に配慮してのことだ」

「竜山階層」について一通りの説明を終え、ローガンは次に探索ルートと戦闘時の役割分担などについて説明していく。

「《鉄壁同盟》には非戦闘員の護衛に専念してもらうことになる。これは45層の守護者戦でも同様だ。戦闘に関しては他の者たちで対処することになるが、道中の雑魚《ざこ》に関しては一斉に動いても効率が悪いため、三つの組に分かれて交代で戦うことになる」

ローガン、イオ、エイルの三人がそれぞれ暫定のリーダーとなり、三つの組を率いて動くことになる。

俺はエイルの組に入ることになっており、メンバーはエイル、俺、フィオナ、他に二組のパーティーが加わることになっている。それぞれ《バルムンク》と《火力こそ全て》だ。

《バルムンク》はクランの初顔合わせで戦うことになったカラム君たちのパーティーで、《火力こそ全て》は魔法使い六人パーティーというキワモノ……失礼、珍しい構成をしたパーティーだった。

「そろそろ出発することにしよう。各組分けの者たちでそれぞれ集合してくれ」

ローガンの説明が終わり、事前に通達されていたメンバーで集まることになる。

エイルがこちらの方に近づいて来たので、俺とフィオナもそちらへ向かって歩き出した。

「アーロン、フィオナ、今日からしばらく、よろしく頼むぞ」

「ああ、こっちこそよろしく頼む」

「よろしくお願いします」

「──アーロン先生！」

エイルと合流し挨拶を交わすと、やけに元気の良い声で名前を呼ばれた。

振り向くと、そこにいたのは《バルムンク》の面々だ。その先頭に立つカラム君が、以前とは見違えるほどの笑みを浮かべている。

「おお、カラム君たちじゃないか。今日からよろしくな」

「こちらこそよろしくお願いします！　アーロン先生と一緒に探索できるなんて……俺っ、光栄っス！」

カラム君たち《バルムンク》の面々と挨拶を交わす。

ちなみにカラム君とは初日の顔合わせで行われた宴会で打ち解けることができた。彼は木剣マニアで、俺のファンだったのだ。なので俺のことは職人として敬意を込めて「先生」と呼ぶようになった。なかなか可愛《かわい》い奴である。

カラム君たちと他愛ない会話に興じていると、残るメンバーがこちらにやって来た。

「──フィオナ！　先日ぶりね！」

「クレア！　今日からまた、よろしく頼むわね」

魔法使いの六人パーティーであるパーティー名《火力こそ全て》だ。

如何《いか》にも脳筋そうなパーティー名に対し、メンバーは全員がフィオナと同年代か、少し年下の女性たちばかりだ。パーティーリーダーはフィオナからクレアと呼ばれた黒髪の女性で、全員が同じデザインのローブを身に纏《まと》っている。

どうも彼女たちの会話から察するに、フィオナとクレア嬢たちが顔見知りなのは、一緒に40層を突破した仲だから、らしい。エヴァたちを連れて41層へ向かった探索の後、フィオナは彼女たちともう一度40層へ向かい、《氷晶大樹《アイスエレメンタル・トレント》》を倒したようだな。まあ、あの時はほとんど戦ってなかったし、消化不良だったのだろう。

ともかく全員が集まり、互いに挨拶を交わす。

……しかし、この組、タンク役が一人しかいねぇんだが。

バランス悪いな、おい。

●○●

出現する魔物が全て竜種という「竜山階層」は、実際に探索したことがない者でも、その難易度が如何に高いかは容易に想像できるだろう。

だが、実際に探索してみると想像以上の難易度だった。

何しろこちらは最上級探索者が五十一人もいるのだ。いくら竜種が相手とはいえ、道中の雑魚など瞬時に一掃しながら進むことになると思っていた。

しかし、蓋を開けてみれば予想とは全く異なる結果が待っていたのだ。

「ちょっ、マジっ、いい加減ッ、キリがないんだけどッ⁉」

【神骸迷宮】42層。

巨大な岩山が広がる階層にて、足を止めた俺たちは、次々と襲い来るワイバーンの群れと戦いを繰り広げていた。

必死に槍《やり》を振るうカラム君が泣きそうな顔で叫んでいる。《バルムンク》のパーティーメンバーたちが矢を放ち、火炎魔法を展開する。

「雑魚のくせにっ、硬いわねっ！」

フィオナが【剣《つるぎ》の舞《まい》】を発動しながら【フライング・スラッシュ】を次々と放つ。すでに威力は上限まで強化されているが、それでも一撃で一体を倒すには至っていない。42層で最も弱いワイバーンが相手とはいえ、そこは腐っても竜種だ。鱗《うろこ》は硬く、斬り裂くことは容易ではない。

「無理に倒そうとするな！　一箇所に誘導しろ！」

エイルが【隠身《おんしん》】を発動して姿を晦《くら》ましたかと思えば、数秒後にはワイバーンの背中に出現し、鱗の薄い首元に短剣を突き刺している。一撃で一体のワイバーンを確実に葬《ほうむ》る手際《てぎわ》は見事だが、やはり元々は斥候系のジョブであり、討伐の効率は良くない。

そのため、エイルはもっぱら他のメンバーが取り零《こぼ》し、こちらに接近してくるワイバーンを始末することに注力していた。

「――皆さん！　いきますわよ！」

意外と言って良いのか、あるいは妥当と言えば良いのか、判断は微妙なところだが、俺たちエイル組で大きな活躍をしているのが《火力こそ全て》の面々だ。

リーダーのクレアが合図を出し、パーティー全員で一斉に魔法を発動する。

《火力こそ全て》は火術師と風術師によって構成されていて、火炎魔法を風魔法で強化するのが十八番《おはこ》の戦法のようだ。

三人が火炎魔法を発動し、残る三人が風魔法で炎を強化して、さらに制御する。

火炎魔法――【インフェルノ・フレイム】

風魔法――【ウインド・コントロール】

【インフェルノ・フレイム】は火炎魔法の中でも飛び抜けて高温の炎を生み出すことができるが、発動後は出現した場所から動かすことができないという欠点のある、使い勝手の悪い魔法だ。

しかし、それを補うのが単体では殺傷力のない【ウインド・コントロール】である。

ワイバーン三体を丸呑《まるの》みにできそうなほど巨大な、超高温の炎球が出現する。

そこへ放たれた突風が炎を巻き上げ、さらに火力を増幅させながらワイバーンへ向かって幾条もの筋となって進んでいく。その様は、まるで炎で出来た多頭竜《ヒュドラ》でも見ているようだ。

炎に呑み込まれたワイバーンは一瞬で体表を炭化させながら、地面に墜落していく。何体ものワイバーンどもが、羽虫のように燃やされていく光景は圧巻だった。

だが、彼女たちが六人で放つ魔法をもってしても、襲来するワイバーンの群れを殲滅《せんめつ》するには至らない。

数十体規模のワイバーンは広範囲にバラけており、その全てを攻撃するには大規模魔法といえど広すぎる。

ゆえに、彼女のたちの目的は最初からワイバーンの殲滅ではなく、誘導だ。

四方八方から襲う炎の多頭竜《ヒュドラ》の顎門《あぎと》。それから逃れるように移動するワイバーンどもは誘導され、いつしか一箇所に集まりつつあった。

「――アーロン！」

機が熟したことを見てとって、エイルが俺に合図を出す。同時に、ワイバーンどもへ攻撃を加えていたフィオナやカラム君たちが俺の射線を塞がないよう、左右へ散っていった。

一方、俺は右足を前に、左足を後ろにして両足を開き、半身の姿勢で構えていた。

左腰の横に黒耀《こくよう》を持ってくるようにして、その先端近くを左手で抑えている。周囲に響くのは強弓の弦を引き絞るような、軋《きし》むような不協和音。

――ギギ、ギギ、ギィ……ッ‼

剣に纏わせたオーラと、左手に纏わせたオーラの間で、反発した力が蓄積されていく。

放つのは【飛閃刃《ひせんじん》】……ではない。

フィオナたちが左右に散ったのを確認して、俺は左手から黒耀を解放した。

ギンッ！　という音と共に、一瞬の内に剣を大きく横薙《よこな》ぎに振り抜く。

我流剣技【連刃《れんじん》】、【閃刃《せんじん》】――合技【連閃刃《れんせんじん》】

虚空《こくう》を薙いだ剣線をなぞるように、一本のオーラの刃《やいば》が高速で飛び出した。

前方へ飛翔《ひしょう》する刃は、しかし、ワイバーンへ届くよりも遥《はる》か手前で「拡散」する。

もしもそれを捉えられる視力の持ち主がいたなら、オーラの刃が剃刀《かみそり》のような薄さを持った幾本もの刃に、バラリと分裂したのを確認できただろう。

一本の刃は無数の刃となり、網の目のように殺傷圏を広げていく。

次の瞬間には、刃はワイバーンの後方へと飛び去っていった。

静寂もまた一瞬だ。

羽ばたいていた全てのワイバーンが動きを止め、そして、鮮血が溢《あふ》れ出す。

一箇所に誘導されたワイバーンの群れ、およそ四十体余りが、例外なく肉体を細切れにされ、サイコロのような無数のブロック肉と化して地面へ落下した。

——戦闘終了。

だが、安堵《あんど》の声はどこからも上がらない。

「ドロップは諦めろ！　すぐに移動するぞ！」

ローガンが全体に指示を出し、地面に転がる魔石やワイバーンの素材を無視して、すぐに移動を開始することになった。

慌ただしく、休む暇もない。

大人数での探索が逆に災いし、魔物どもに発見されやすくなっていたのだ。それゆえに次から次へと魔物に襲われる状況が続いていた。

「竜山階層」での探索は万事がこんな感じで、さすがの難易度だ。

しかしながら、俺たちは最上級探索者五十一名から成る前代未聞《ぜんだいみもん》のクランである。

41層から44層の過酷な探索にも音をあげることなく、誰一人として脱落する者は出ないまま、遂《つい》に探索四日目にして、45層に辿《たど》り着くことになった――。

●○●

探索四日目。

【神骸迷宮《しんがいめいきゅう》】45層、山頂の手前にて。

目前に山頂を控えたその場所で、俺たちは一旦立ち止まっていた。

「さて……この期に及んで私から言うことは、何もない。ここまで来たら、後は守護者を倒して46層に進むだけだ」

いつもの余裕に溢れた微笑を引っ込めて、肌がピリピリとするような緊張感を漂わせながらローガンが言った。

そんなローガンの様子に、クランメンバーたちも真剣な眼差《まなざ》しを向ける。緩みのない緊張感。だが、悪い緊張ではない。

誰もが「自分たちは強い」という自負を抱いている。

それゆえの程よい緊張感。無駄に体が強張《こわば》ることもなく、戦意だけが昂《たかぶ》っている。

各員、己の為《な》すべきことは頭に入っているのか、確認のために発言することもない。

「全員、準備は良いようだな。……では、行こう」

ローガンはクランメンバーを見回し、静かに言った。

そして踵《きびす》を返し、山頂へ向かって歩いていく。

他の者たちもローガンの後に続いた。

山頂にはすぐに辿り着いた。

45層は火山階層だ。俺たちが登って来たのは灼熱《しゃくねつ》のマグマが川のように流れる活火山であり、マグマの源泉が山頂となる。

だが、そこは足場のないマグマの湖でもなければ、戦うのに難儀しそうな狭い場所でもなかった。

ほぼ平らとなった地面がある。形は縦に伸びた円形で、百人が全力で戦闘を行ってもなお余裕のある広さだ。

その地面のさらに奥に、ゆったりとマグマが溢れ出す場所がある。

溢れ出したマグマは山頂の足場を迂回《うかい》するように左右へ分かれ、下へ向かって山肌を流れ落ちていく。

――熱い。

火山階層なのだから道中でも嫌になるほど暑かったが、山頂ともなるとその比ではなかった。両側を流れていくマグマが放射する熱は、ただその場にいるだけで肌が焼けるように熱い。全身から汗が吹き出す。何もしなくても体力が奪われていく。

そんな場所で俺たちは立ち止まり、足場の奥にあるマグマの噴出点を見つめた。

――来る。

マグマの表面が盛り上がった。

まるで水面《みなも》から這《は》い出して来るようにして、マグマの中から一体のドラゴンが姿を現す。

ドラゴンはマグマの川から地面へ、ゆっくりと上ってきた。

「――ゴァアアアアアアアアアアアアアッッ‼」

その全身が這い上がったところで、長い首をもたげて天へ向かって咆哮《ほうこう》する。

音の波が叩《たた》きつけられ、体の芯まで震える。この咆哮を前にしても戦意を喪失しないだけの胆力がある者だけが、目の前のドラゴンと戦うことを許される。

45層守護者――《皇炎龍イグニトール》。

体高二十メートルを超える巨体。体長は尾まで含めれば八十メートルを超すだろう。分厚い龍鱗《りゅうりん》によって全身が覆われ、その下には鱗《うろこ》の上からでも分かるほど、猛々《たけだけ》しく発達した巌《いわお》のような筋肉があるのが分かる。

陸上生物として不条理なほどに巨大な体。

だが、さらに不条理なことには、こいつは空を飛ぶのだ。

未《いま》だ広げてはいないが、背中には一対の翼を持つ。

幸いなのは、戦闘開始から空へ飛ぼうとはしないことだ。こいつが空を飛ぶのは、地上での戦いで危機感を抱いた時だけ。

「――来るぞッ‼　タンク役は前へ‼」

ローガンが大声で指示する。

瞬間、盾士ジョブにある者たちが一斉に前へ走り出した。

クランメンバーたちを守るように盾を構え、スキルを発動する。彼らの全身を、盾を、オーラの光が覆い、それはさらに拡張していく。広がったオーラが合流して融合し、一枚の曲面を描く巨大な盾と化した。

直後。

イグニトールがぞろりと鋭い牙の生え揃《そろ》った口を開いた。

口腔《こうこう》の奥に灯《あか》り。

瞬間、視界が白に染まる。

ただただ白にしか見えないほどの圧倒的な光を放つ高温の炎が、イグニトールの口から破滅的な威力でもって吐き出される。

――ドラゴン・ブレス。

これこそが、ドラゴン・ブレスなのだろう。イグニトールのこれに比べれば、道中に出会ったどんなドラゴンのブレスも霞《かす》んで見える。炎を吐く。誰もがドラゴンと聞いて思い浮かべる最も単純にしてポピュラーな攻撃。

だが、その威力だけが桁違いだった。

タンク役のクランメンバーたちが、イグニトールのブレスを真正面から受け止める。オーラの盾の曲面に沿って、超高温の炎が流れていく。

果たして耐えきることができるのか、それは分からない。

見届ける暇さえなかったのだ。なぜならば、

(予定を無視した奴《やつ》らがいるな)

前へと躍り出たクランのタンク役たち。

しかし予定とは違い、最前列へ出ていない者たちが何人かいた。人数が少ないのだ。

この土壇場《どたんば》で怖《お》じ気《け》づいたのか？

いいや、違う。

予定とは違う行動をしたタンク役たち、それを含む二つのパーティーが「当たり」だったのだ。

ブレスと盾がぶつかった瞬間、俺とローガンは同時に背後へ向かって駆け出した。

共に顔には笑みを浮かべている。歯茎を剝《む》き出しにするほどの亀裂のような笑み。歓迎の笑みだ。

「ずいぶんと待たせてくれたものだ」

「どうせここで来ると思ってたがな」

俺たちの背後。《鉄壁同盟》が守るエヴァたちの、さらに向こう側。そこにいたのは十人を超えるクランメンバーたち。

ただし、なぜか微妙に距離を開け、イグニトールではなく俺たち——仲間である《迷宮踏破隊》のメンバーに向かって武器を構えていた。

いや、すでに武器は振られていた。

幾つものスキルによる攻撃。幾つもの魔法による攻撃。殺意を伴ったオーラが、魔法が、俺たちへ向かって今まさに襲いかからんとしている。

その一つ一つが、情け容赦のない、絶大な威力を秘めていた。

イグニトールとの戦闘の途中、不意打ちでこんなものを背後から喰《く》らえば、如何《いか》な《迷宮踏破隊》と言えど壊滅は免《まぬが》れなかっただろう。

考えうる限り最悪のタイミングでの、襲撃。

だが、だからこそここで襲って来ると分かっていた。

俺とローガンは一同の最後尾へ抜けて、襲撃者たちと対峙《たいじ》した。そのまま間を置かずに剣を振るう。

剣聖スキル——【壊尽烈波《かいじんれっぱ》】

我流剣技【連刃《れんじん》】、【化勁刃《かけいじん》】——合技【連刃結界】

ローガンの前方に莫大《ばくだい》なオーラの奔流が溢れ出す。それは襲い来るスキルや魔法の攻撃を尽《ことごと》く相殺《そうさい》した。

一方、俺が放った【連刃結界】も前方で盾のように渦巻き広がり、スキルと魔法を弾《はじ》き飛ばす。

同時、背後で無事に防ぎ切ったブレスが途絶え、目も眩《くら》むようなブレスの光が消える。急な光量の変化に僅かな時間、視界が歪《ゆが》むが、魔力反応に感覚を研ぎ澄ますことで襲撃者たちの追撃に警戒した。

だが予想に反して、奴らが追撃を仕掛けてくることはなかった。

「はッ⁉　おい、今のって――ッ⁉」

「マジかよ！　ホントにいやがったのか⁉」

「ここで仕掛けて来るとか、何考えてやがるッ⁉」

「後ろよ！　警戒して‼」

遅まきながらクランメンバーたちが、背後から襲撃を受けたことに気づいた。

だが、驚く者はいても戸惑う者はいない。

最初からクランに潜んでいるのが分かっていた裏切り者が、遂に姿を現した――というだけのことだから。

「ふむ……君たちだったのか。クランに潜り込んでいた、虫は」

ローガンが襲撃者たちに、穏やかな声音で話しかけた。

ようやく視界の歪みが治まった頃に数えてみれば、襲撃者たちは十二人いる。

「《ヘイパン》と……《グリント》、か」

六人ずつの二パーティー。

二つの探索者パーティーが、俺たちと対峙している。

その二つのパーティーは、実はつい最近、酒場でリオンから聞いた名前だった。

奇《く》しくも、リオンの疑いは的を射ていたらしい。

「ずいぶん余裕ぶってくれるじゃねぇの。楽しみだなぁ、お前らの余裕そうなツラが惨《みじ》めに歪むのがよぉ！」

《グリント》のリーダー、ジューダスが俺たちの知っている普段とは違う、荒々しい口調で言った。

どこかこちらを見下すような、傲岸不遜な表情を浮かべている。

できれば色々聞きたいところだが、それは捕まえた後で尋問した方が良いだろう。それに今は、悠長に歓談している暇はない。

「ローガン、後ろの奴はどうする？」

「そうだな……」

視線を逸《そ》らさずに隣のローガンに問う。

後ろの奴――すなわちイグニトールをどうするか、という問題だ。

現状、俺たちは前後を挟まれた形になっており、絶賛イグニトールとも戦闘中。今は前に出たタンク役のクランメンバーたちが防御に徹してくれているが、イグニトール相手にいつまでも守りきれるわけがない。

ローガンは数瞬考え、すぐに口を開いた。

「私ならイグニトールとの戦闘経験もある。何人か率いて私が――」

「いや待て、ローガン」

「エイル？」

だが、ローガンの言葉を遮るように、近くに来ていたエイルが口を挟んだ。

「奴らは確実に生け捕りにしたい。ここは対人戦闘の経験が多いお前が受け持つべきだ」

「む……」

対人戦闘。

その経験ならば、確かに探索者しかやったことのない俺たちよりも、騎士団に所属していたローガンの方が圧倒的に多いだろう。

「イグニトールは俺の組で受け持とう。幸い、こちらに欠員は出ていないからな」

エイルが言ったのは、《グリント》と《ヘイパン》がそれぞれローガン組とイオ組に属していたことについてだろう。

一方で、エイル組に裏切り者はいなかった。だが……。

「エイル、お前の組の戦力では……」

「言いたいことは分かっている」

エイル組は炎の属性龍たるイグニトールとは、相性が悪い。なぜならば、《火力こそ全て》の面々は半数が風術師であるとはいえ、基本的には火炎魔法を強化するための魔法であるからだ。

《火力こそ全て》と《バルムンク》の火術師の女性。計七人はイグニトールに有効な攻撃手段を持たない。

つまり前述の七人を除く、俺、エイル、フィオナ、カラム君たち《バルムンク》の三人……計六人で、イグニトールを倒すだけの攻撃を叩《たた》き込まなくてはならない。

しかし、エイルは確信を込めた口調で言った。

「だが、たぶん大丈夫だ。ローガン、お前も薄々気づいているだろう？　……アーロン、緊急時だ。正直に言ってくれ。……お前なら、奴を倒せるんじゃないか？」

「……」

奴ってのは、当然、イグニトールのことだろう。

誰にも言ったことはないが、イグニトールと戦うのは、初めてではない。

以前戦った時は本気で死にかけたが、今は以前の俺よりも確実に強いという実感もある。

そして今回はイグニトールに取り巻きはいないし、俺は一人ではない……。

「まあ……たぶんな」

地上で戦うイグニトールと、火山で戦うイグニトールを同列には語れない。

それでも勝てないとは思わなかった。

とはいえ、実際にここで倒したことがあるわけではないから、断言はできないのだが。

だが、エイルはそれで十分だと思ったらしい。

「聞いた通りだ。ローガン、ここは任せた」

「……分かった。こちらは私が受け持とう」

ローガンはエイルの提案を受け入れた。

直後、こちらの話が終わるのをわざわざ待ってくれていたのか、ジューダスがニヤニヤと笑いながら口を開く。

「そろそろ相談は終わったかぁ？」

「わざわざ待ってくれていたのかね？　親切だな」

「ハッ、誰が相手でも同じだからな！　どうせお前らは全員殺すことになってんだ。俺らに殺されるか、イグニトールに殺されるかの違いでしかねぇ」

欠片《かけら》も自分たちが負けるとは思っていないような、尊大な口調だ。

ローガンは楽しそうに笑った。

「それはずいぶんな自信だな。……エイル、アーロン」

「ああ」

「任せた」

俺とエイルは頷《うなず》いて、踵《きびす》を返して走り出す。イグニトールの方へ向かって。

そして走りながら、エイルが大声でクランメンバーたちに告げた。

「イグニトールの相手はエイル組が引き受ける！　それ以外は奴《やつ》らの相手だ‼」

●○●

イグニトールと対峙していたタンク役たちを後ろに下げ、エイルがさらに指示した。

「エイル組の魔法使いはイグニトールのブレスに対応しろ‼　後ろに通すな‼」

クレアが目を剝きながら返す。

「無茶を仰《おっしゃ》いますわね⁉」

しかし、そうは言っても伊達《だて》に最上級探索者を名乗っているわけではない。すぐに自身のパーティーと《バルムンク》の火術師の女性を纏《まと》めて、後方のクランメンバーたちの盾となる位置に陣取った。

「ブレスには対応できますけれど、物理攻撃は止められませんわよ！　それに長時間は無理ですわ‼」

「了解した‼」

杖《つえ》に魔力を通しながら告げられた言葉に、エイルがそれで十分だと返す。

その直後、頷いたクレアたちが一斉に魔法を展開した。

「皆さん！　魔力を同調させてウォール系魔法を‼」

「「「はいっ‼」」」

火炎魔法――【フレイム・ウォール】

暴風魔法――【ゲイル・ウォール】

集団魔法――【炎嵐巨壁】

息を合わせて発動された二種類のウォール系魔法が、集団魔法と化して一つに纏まる。

瞬間、俺たちとクランメンバーたちを遮るように、火口の足場を横切る巨大な壁が顕現した。轟々《ごうごう》と空気を貪る焼音が唸《うな》る、巨大な炎の巨壁だ。

これでイグニトールと対峙する俺たちも、後ろへ下がることはできなくなった。

だが、今さらそんなことに怖《お》じ気《け》づく奴はいない。

低い唸り声を発しながら、俺たちを金色の瞳で睥睨《へいげい》するイグニトールを前に、エイルが俺に向かって叫ぶ。

「アーロン！　ここからはお前が必要なことを俺たちに指示しろ‼」

どうもエイルたちは、俺のサポートに徹するつもりらしい。

逆に言えば俺任せとも言えるが、元々ソロの俺としては、こちらの方がやり易《やす》い。

ストレージ・リングに黒耀《こくよう》を収納し、代わりに白銀を取り出しながら答えた。

「まずは俺がイグニトールの龍鱗《りゅうりん》を砕く！　その間、できるだけ奴の動きを邪魔するように各自で攻撃してくれ！」

――龍鱗。

竜がさらに上位の存在になると、「龍」の名を冠する存在となる。

「竜」は生物の頂点に君臨するが、「龍」は生物の枠を超えて、半ば精霊に近い特別な能力を有する。その一つが「属性同化」と言われる能力であり、たとえば火龍ならば炎や高熱を吸収することによって、身体《からだ》に負った損傷を短時間で急速に治癒してしまう。

この能力を十全に発揮できるかどうかは戦う場所の環境に左右されるため、火山で戦うイグニトールと、地上で戦うイグニトールでは倒しやすさが全く違うのだ。

イグニトールほどの上位龍ともなると、心臓を潰したところで死ぬ前に再生されてしまうほどだ。

確実に倒すためには脳を破壊するか、首を切断するしかない。

だが、そもそも「龍」には攻撃がまともに通らないという問題がある。

その理由が「龍鱗」だ。

ただでさえ硬くて頑丈な龍鱗だが、その表面に魔力やオーラが触れると拡散するという極めて厄介な性質を持つ。

要するに、スキルや魔法での攻撃は無力化、ないしは弱体化されてしまうのだ。

それゆえに、龍を倒すならばまずは龍鱗をどうにかしないといけない。

「了解！　それだけか⁉」

「十分に龍鱗を砕いたら俺は一度後ろに下がる！　その後は十秒時間をくれ！」

「十秒だな⁉」

「ああ！　十秒だ‼」

あまり時間をかけて意思の疎通を図る暇はない。

指示はそれで終わり。後は各自が臨機応変に対応するしかないだろう。

そして俺たちも素人《しろうと》ではないのだ。状況を見て最適とはいかないまでも、適切な行動をとることはできるだろう。

「――行くぞッ！」

エイルたちに告げ、戦闘を開始する。

足の裏でオーラを爆発させ、俺は跳躍した。

我流戦技――【瞬迅《しゅんじん》】

瞬時に高く高く跳び上がった俺を、イグニトールは金色の瞳で追っていた。長い首をもたげて空中の俺に向かって口を開く。その口腔《こうこう》の奥には光。

容赦なくブレスが放たれようとした寸前、奴の顎裏で爆発が起こった。

「――させねぇよ‼」

「ハッ‼」

カラム君が槍《やり》を突き出し、《バルムンク》の弓士の青年が矢を放つ。

槍士スキル――【バースト・ジャベリン】

弓士スキル――【バースト・アロー】

放たれたオーラの槍と矢が爆発し、イグニトールのブレスが中断される。

「グルル……ッ‼」

忌々《いまいま》しそうに金色の瞳が地上の二人を睨《にら》みつける。

邪魔な小虫を払うように、イグニトールはカラム君たちへ向かって大きく一歩前進し、
巨大な前足を横薙《よこな》ぎに振るった。

鋭い爪撃《そうげき》がカラム君たちを引き裂こうとした寸前、

「うおおおおおおおッ‼」

《バルムンク》のパーティーメンバー、盾士の青年がカラム君たちの前に立ちはだかる。

迫り来る爪撃に向かって構えられた大きな盾。そして自らの全身にもオーラを纏う。

盾士スキル――【オーラ・シールド】

盾士スキル――【フォートレス】

斜めに構えられたオーラの盾。その表面で巨大な爪を滑らせて、軌道を変化させる。

盾士の青年が、自身よりも遥《はる》かに重いイグニトールの攻撃を受けても吹き飛ばされなかったのは、【フォートレス】の効果だ。

【フォートレス】は全身をオーラの鎧《よろい》で覆った上に、足裏からオーラの杭《くい》を地中深くに刺すことで、強い衝撃を受けても吹き飛ばされることがない。堅牢《けんろう》な城塞のように如何《いか》なる攻撃をも弾《はじ》き返す。複合的な効果を備えた上位スキルだ。

「――――」

爪撃をいなされた直後、イグニトールの至近にエイルが姿を現す。

場所はイグニトールの頭の上だ。

声を発することもなく、気配さえ絶ちながら短剣を右目に向かって突き出す。

隠者スキル――【死毒殺】

体内に入れば毒のように生体組織を破壊していくオーラの毒を纏った短剣。

その切っ先がイグニトールの眼球に刺さろうとした寸前、しかし、奴は目蓋《まぶた》を閉じることで短剣を防いだ。目蓋にも龍鱗は備わっており、それを貫くのは容易ではない。

自らの攻撃を防がれたエイルは、残念がるふうでもなく、瞬時にイグニトールの上から姿を消した。

「グルルルッ‼」

苛立《いらだ》たしげにイグニトールが頭を振る。

そこへ殺到する幾本もの【フライング・スラッシュ】。

【剣《つるぎ》の舞《まい》】を発動させたフィオナが、距離を保ちながら矢継ぎ早にオーラの刃《やいば》を放っている。着弾する場所は頭部に集中しているが、さすがに龍鱗を砕く威力はないようだ。ダメージはほぼ皆無。それでもイグニトールは鬱陶しいと感じたらしい。

「ガァアアアアアッ‼」

憤怒《ふんぬ》の雄叫《おたけ》び。

魔力の高まり。

瞬時にイグニトールから照射された魔力が、フィオナの足元で結実する。

火炎魔法――【エクスプロージョン】

地面が爆発し、爆炎が周囲に広がる。

一発でもまともに喰《く》らえば人間の体など跡形もなく消し飛ばすほどの、凄《すさ》まじい爆発。

砕け散って周囲に飛散する石の礫《つぶて》でさえ、容易《たやす》く命を奪う凶器と化す。

だが、フィオナは魔力が照射された瞬間、致死圏から離脱することに成功していた。

剣舞姫スキル――【神捧《じんぽう》の舞】

【剣の舞】による強化がリセットされ、代わりにフィオナの身体能力が上昇する。その状態で瞬時に【スピード・ステップ】を発動し、魔法が発動する寸前に高速で移動したのだ。

加えて――、

「そこッ‼」

雄叫びによって開かれたイグニトールの口。

その口腔の中へと、光り輝くオーラの剣が高速で飛び込んでいく。

【ダンシング・オーラソード】によって生み出された二本のオーラソードが、イグニトールの口の中に突き刺さった。

「グゥウウウッ‼」

イグニトールの口から僅かに炎が漏れ出す。

口腔から炎を吐き出すことによって、口内に刺さったオーラソードを消したらしい。

自身の周囲を飛び回る小虫どもによる、立て続けの攻撃。

イグニトールの苛立ちが頂点に達する。

「――グルゥウアアアアアアアアアッ‼」

大気が鳴動するほどの凄まじい叫び。

同時、イグニトールの全身から莫大《ばくだい》な魔力が四方へと放たれようとした。

魔力に物を言わせて周囲の全てを吹き飛ばす極大の魔法。

だが、それが放たれることはなかった。

我流戦技――【空歩瞬迅《くうほしゅんじん》】

イグニトールの意識が完全に俺から逸《そ》れた瞬間、空中を蹴って高速移動する。

最初の【空歩瞬迅】でイグニトールの頭上高くへ移動し、二度目の【空歩瞬迅】で奴《やつ》へ向かって急速降下。

狙うはイグニトールの長い首――その根本だ。

白銀にはすでに十分なオーラが溜《た》まっている。オーラの形は刃ではなく戦鎚《せんつい》のような塊だ。

落下の勢いを乗せて、オーラの塊をイグニトールに叩《たた》きつけた。

模倣剣聖技――【龍鱗砕《りゅうりんくだ》き・氷牙《ひょうが》】

幾重にも積層された爆発するオーラが、指向性を持って龍鱗に爆撃を叩き込む。

鱗《うろこ》に触れたオーラは拡散されてしまうが、表層の一枚が散らされたところで問題はない。下の層を形作るオーラが散らされるより先に爆発し、龍の鱗を強引に砕き、弾き飛ばしていく。

「グギャァアオオオオオウッ‼?」

イグニトールが苦痛による叫び声をあげながら、激しく身を捩《よじ》った。

【龍鱗砕き】で落下の衝撃を殺した俺だが、そのままイグニトールの上に立っていることはできず、【瞬迅】で移動する。

地面に足を着け、その場に留まることなく常に移動し続ける。

イグニトールの鱗を剝がすのは成功した。しかしながらその範囲は狭く、あと何度か【龍鱗砕き】を叩き込む必要があるだろう。

だが、想定とは異なり、龍鱗が再生する様子がない。

「属性同化」による龍種の異常な再生力は龍鱗にも適用される。本来ならば、すでに再生が始まっていてもおかしくないはずだが、今回は遅々として再生する様子を見せない。

俺にとっても少々予想外だったが、白銀の力だ。

白銀は《氷晶大樹《アイスエレメンタル・トレント》》で作られた木剣であり、これに魔力やオーラを通すと、氷雪属性が付与される性質がある。その結果、白銀を通して放った【龍鱗砕き】のオーラが氷雪属性に染まり、ダメージを与えた部分を凍りつかせたのだ。

熱を吸収して肉体を再生する火龍にとって、白銀はまさに天敵というやつらしい。

とはいえ、さすがに何時《いつ》までも再生を阻害しておけるわけではないだろう。

あるいはイグニトールがマグマの中に潜ってしまえば、再生を阻害する氷は一瞬で溶かされてしまう。

いくら優位とはいえ、容易に盤面をひっくり返されてしまう程度でしかない。イグニトールの攻撃は脆弱《ぜいじゃく》な人間にとって、何もかもが一撃必殺だ。確実に奴を仕留めきるまでは一瞬さえ油断できない。しかし――、

(まさか、そんなことが……)

――【瞬迅】【瞬迅】【空歩瞬迅】

――【龍鱗砕き・氷牙】

高速で移動を繰り返しながら、エイルたちによってイグニトールの注意が逸らされた瞬間、一気に接近し、二度目の【龍鱗砕き】を叩き込む。

それからすぐに距離を取り、また移動を繰り返して【龍鱗砕き】を叩き込む隙を窺《うかが》う。

(嘘《うそ》、だろ……ッ!?)

そうしながら、俺は信じられない事実に直面していた。

（イグニトール《こいつ》……こんなに……こんなに弱いのか⁉）

いや――弱い、と言ったら語弊があるだろう。

イグニトールは間違いなく強い。少なくとも俺には、奴の如何なる攻撃にも真正面から耐えることはできない。長大な尾が鞭《むち》のように振るわれるのを【瞬迅《しゅんじん》】で飛び上がり回避しながら、これが服の裾にかすっただけでも死に直結しかねないと直感する。

だが、それでもなお弱いと断言できてしまう。

もちろん、俺一人で戦ったなら、相当に苦戦したはずだ。

今、俺がイグニトールを弱いと思えるのは、エイルたちが的確にサポートしてくれているからに他ならない。すなわちパーティーで戦うことによって、相対的にイグニトール討伐の難易度が低下しているからこそ、そんなふうに思えるのだろう。

他にも白銀があることによって、奴の再生力を阻害できることも大きいし、ローガンの剣聖技を何度も近くで観察した結果、それを模倣できるようになったのも大きい。

固有ジョブ『剣聖』は、神代の英雄の力を再現するためのジョブだ。

その英雄は「剣聖」の名の他に、「龍殺し」の名でも知られていた。それゆえに『剣聖』

のスキルは竜や龍種に対して特効があるものが多い。まさに龍を殺すためのスキルだからだ。

――これは油断か？

自問しながら三度目の【龍鱗砕き】を叩き込む。

もう少しで首を落とせるほどに、鱗が剥がれた場所は広がるだろう。

イグニトールから距離を取りながら、俺は自答する。

いや、油断や慢心ではない、と。

間違いなく去年殺されそうになった相手ではあるが、今の俺はイグニトールに対して、まるで脅威を感じていないのだ。

「ギャァアアオオウッ⁉」

イグニトールが情けない悲鳴をあげ、両翼を広げた。

空へ待避しようというのだろう。瞬時に飛び上がろうとしたイグニトールは、だが数瞬、その動きを制限された。

「――させるかぁああああッ‼」

イグニトールの左後ろ足。

地面から離れそうになったそれを、盾士の青年が抱きつくように抱え、押さえ込んでいた。

おそらくは【フォートレス】だろう。地中深くに埋まるオーラの杭によって、地面と一体になった青年がイグニトールを釘付《くぎづ》けにする。

だが、さすがに彼我の質量差は大きい。青年の足元で地面が盛り上がり、ひび割れていく。オーラの杭《くい》を力ずくで引き抜いて、イグニトールは空へ飛び上がろうとしていた。

しかし。

「グッジョブ青年ッ‼」

俺は青年の素晴らしい働きに称賛を贈る。

彼が作り出した数瞬の時間は、まさに黄金にも等しい価値があったからだ。

必死に空へ舞おうと翼を広げたイグニトールへ、その場で二度、白銀を振るう。放った技はどちらも同じ。

模倣剣聖技――【飛龍断《ひりゅうだん》・氷牙】×2
幾重ものオーラが積層する、高密度の刃。

飛翔《ひしょう》したオーラの刃は、イグニトールが広げた両翼を根本から斬り飛ばした。龍鱗《りゅうりん》の薄い翼くらいならば、こいつで断つことができる。

「グギャアッ⁉」

浮かびかけていたイグニトールが、翼を失って地面に落下する。

だが、奴は悲鳴をあげつつも動きを止めることはなかった。すぐに強靭《きょうじん》な四肢で地面を蹴り、移動を始める。

「チッ‼」

「おい、あいつを止めろ‼」

イグニトールの向かう先を悟って、フィオナが舌打ちし、カラム君が叫ぶ。そうしながらもエイルたち全員で一斉に攻撃を放っていた。

しかし、それら一切をイグニトールは無視する。それよりも優先すべきことがあるというように、眼球への攻撃だけに気をつけながら進んでいく。その先にあるのはマグマだ。

マグマの中に飛び込んでしまえば、イグニトールは全快してしまう。《皇炎龍イグニトール》の「属性同化」は、それほどにふざけた性能を誇る。

だからこそ、この階層を突破できたのは、今まで一パーティーしかいないのだ。

そして回復されてしまったなら、これまでの戦いの成果は、全て水泡に帰してしまう。

エイルたちの必死の攻撃も、奴の足を止められたのは二秒に満たない短時間だ。

そんな中、俺は楽しさを感じて思わず笑ってしまった。

「パーティーで戦うのが楽しいと思ったのは、《栄光の剣》以来だな」

二秒。

おそらく俺がソロだったら、この二秒の差でイグニトールに回復されてしまっただろう。

だが、今はその二秒を稼いでくれる仲間がいる。その戦いやすさと言ったら、まさに別次元だ。

──【連刃《れんじん》】

使い慣れた剣技。オーラを練る時間は十二分にあった。

俺は剣を振るう。剣を振り続ける、何度も。

──【連刃】

──【連刃】！

──【連刃】‼

剣を振るうごとに放たれた膨大なオーラが、空中で無数の刃《やいば》と化して飛翔する。それは上空に飛び上がり、一挙に落下へと転じる。

落ちる先はイグニトールではない。火口に広がる広大な足場。その周囲に溢《あふ》れ流れ出す、マグマに。

我流剣技――【氷牙連刃・氷雨《ひさめ》】

川のように流れるマグマの表面へ、氷よりもなお冷たい刃の雨が降り注ぐ。マグマは急速に冷やされて固体化し、マグマの湖に蓋をする分厚い岩盤と化した。

「――アーロン！　時間稼ぎはまだかッ⁉」

一時的にマグマに蓋をし、イグニトールの再生を封じたことで好機と見たのだろう。俺が要求した十秒の時間稼ぎはまだかと、エイルが叫んで問うた。

「まだだッ‼　あと少し待て‼」

しかしながら、こちらの準備はまだ整っていない。

十秒の溜《た》めがあれば「極技」は確実に放てるが、龍鱗は極技すら減衰、弱体化させる。奴《やつ》を確実に仕留めるには龍鱗を完全に砕く必要があり、それには後一撃は必要だ。

「グルルル……ッ‼」

対するイグニトールは、固体化した溶岩に飛び乗って忌々《いまいま》しそうにこちらを振り向き、睨《にら》んだ。

とはいえ、冷え固まった溶岩は直《じか》にマグマの中に落下してしまうだろう。あるいはマグマの流れに従い、亀裂が走って砕けていくか、だ。これで稼げる時間は数分……早ければ数十秒にしかならない。

だが、それだけあれば【龍鱗砕《りゅうりんくだ》き】の最後の一撃を喰《く》らわせるには、十分だ。

イグニトールが固まった溶岩を叩《たた》き壊そうと、前足を振り上げる。

それを止めるために、俺たちは一斉に奴へ向かって疾走を開始した。

「──ガァアッ‼」

前足を振り上げた動作自体が誘いだったのだろう。

イグニトールの全身から魔力が噴出し、噴出した先から炎へと変じていく。

火炎魔法──【ファイア・バースト】

炎を噴き出すだけの単純な魔法だが、その規模は異次元だった。

イグニトールの全身から噴き出す膨大な炎が、戦場全体を埋め尽くすように迸《ほとばし》る。そして単純な魔法ゆえに噴出する炎は一瞬ではなく、持続的に辺り一帯を炙《あぶ》り続ける。

「──皆！　僕の後ろにッ‼」

盾士の青年が叫び、津波のような炎に対して盾を構えた。

比較的近くにいたエイルやフィオナ、カラム君と弓士の青年は間に合った。

盾士スキル──【ドーム・シールド】

半球状に展開されたオーラの盾が、炎を遮断する。

一方、俺は迫り来る炎に向かって白銀を振るった。

模倣剣聖技――【壊尽烈波《かいじんれっぱ》・氷牙《ひょうが》】

尽《ことごと》く全てを壊すオーラの奔流が、炎の津波を相殺《そうさい》し、前へと貫いていく。

炎の中に穿《うが》たれた一本の道を、俺はイグニトールへ向かって疾走した。

「そうすると思ったぜ……‼」

【壊尽烈波】が炎を貫いてイグニトールに衝突する。

さすがに奴に到達するまでに威力は減衰していたためか、ダメージは皆無。だが、奴が何をしようとしているかは確認できた。

今度こそ分厚い岩盤を砕こうと、再び前足を振り上げていた。

「――――」

声を発さず、イグニトールの視線がこちらに向く。

知能の高い生命は、感情表現が豊かだ。

金色の瞳と視線が合った瞬間、奴の感情が手に取るように解《わか》ってしまった。

「――怯《おび》えたな？」

恐怖。怯え。

今まさに命のやり取りをしている瞬間、怯懦《きょうだ》に呑《の》まれた者に勝利の女神は微笑《ほほえ》まない。

俺は歯を剝《む》き出しにして、獰猛《どうもう》に笑った。

――【瞬迅《しゅんじん》】

精神が高揚し、集中力が高まっている。オーラの一欠片《かけら》まで掌握しているという感覚。

それは白銀を作った時と同じ感覚だった。

あらゆる技のキレが、さらに一段階上昇する。

放たれた矢のように跳躍した。

イグニトールが反応するよりも遥《はる》かに速い。ドラゴンの動体視力をもってしても、反応できないほどの速さ。

イグニトールの巨体。首の根本へ急速接近。飛翔する勢いのままに剣を叩きつける。模倣剣聖技【龍鱗砕き・氷牙】。鱗《うろこ》を砕いた爆発の余波で、空中をくるくると回転しながら滞空。高速で入れ替わる視界の中、極度の集中力の為《な》せる業か、なぜかはっきりと、龍鱗を砕いた場所を視認していた。

おそらくは先の【ファイア・バースト】の熱を吸収したのだろう。砕かれた鱗の部分で氷が溶け、鱗が再生し始めている。

だが、完治には程遠い。

——斬れる。

と、確信した。

時間にすれば一秒にも満たない一瞬のことだろう。

俺はくるくると宙を回転しながら、右手に握った白銀へとオーラを注いでいく。

魔力をオーラに変換し、オーラを注ぎ、放つ剣技のためにオーラを練り上げる。その一連の動作が、全て同時にも感じるほど滑らかに行われた。

気がつくともう、剣技を放つ準備が整っている。

俺は回転しながら剣を振った。

我流剣技【巨刃《きょじん》】、【閃刃《せんじん》】——合技【巨閃刃《きょせんじん》・氷牙】

断頭台の罪人へ振り下ろされたギロチンの刃のごとく、巨大で鋭利なオーラの刃が振り下ろされる。

それは鱗を剝がされたイグニトールの首筋へスッと入っていき——次の瞬間、奴の首を両断していた。

イグニトールの頭部が長い首と共に宙を舞う。

それが地面に落ちるより僅かに先に、俺は着地した。

ドスンッ、と大質量の頭部が落下する。それへ向けてしばらく剣を構えていたが、イグニトールの首、それから倒れ伏した巨体が魔力へと還元され始めるのを見て、ようやく剣を下ろす。

間違いない。

俺たちの、勝利だ。

「ふぅー……」

体内の熱を吐き出すように、深く息を吐いた。

【ファイア・バースト】の炎も、すでに晴れている。

久しく戦闘では感じていなかった、心地《ここち》好い疲労感があった。

俺は改めて白銀に視線をやり、しみじみと思う。

「木剣こそが最強で最高の武器だと、証明されてしまったか……」

白銀がなかったら、もう少し苦戦しただろう。やはり木剣には無限の可能性が秘められている。

そんなふうに感動に浸っていると、戦いが終了したことを悟ったのか、エイルたちが近づいてきた。

「おい、アーロン……」

顔を向けると、なぜか全員が呆然《ぼうぜん》とした顔でこちらを見つめていた。

「倒した、のか……？」

「ああ、見ての通りだ」

魔力へ還元されていくイグニトールを手で示す。戦闘が終了したことは確実だ。

「お前……後ろに下がったら十秒時間をくれ、というのは、何だったんだ……？」

「ああ、それか……」

エイルの問いに、そういえばと答える。

本当は極技を使うつもりで、オーラを溜める時間を稼いでもらうはずだったのだ。

「いや……なんか、倒せたわ」

「「…………」」

誰も言葉を発しなかった。

とにもかくにも、俺たちの勝利であることに違いはない。

「ま、まあ、良い……さて、あちらはどうなったか」

と、エイルが気を取り直すように言った時、ふと、俺は異変に気づいた。

「……おい、どういうことだ？　何で魔石がドロップしねぇ？」

倒したばかりのイグニトールの巨体は、魔力還元されてその全てが消え失《う》せた。

しかし、魔物素材のアイテムどころか、迷宮では確実にドロップするはずの魔石さえ残らないのは、どういうわけか？

たまたま？　偶然？　――いや、あり得ない。

それを証明するかのように、フィオナが告げた。

「ちょっと、魔力の流れがおかしいわよ！」

常ならば還元されて大気中に拡散していく魔力の流れが、なぜか拡散することなく、川のような一筋の流れとなって移動していたのだ。

その方向は――、

「チッ、どうも想定外のことが起こってるみたいだな」

●○●

――時は少し遡る。

エイル組の面々がイグニトールの方へと向かった後。

それを見送ることはせず、ローガン・エイブラムスとクランの面々は、突如として襲撃を仕掛けてきた裏切り者ども――ジューダス含む十二人と対峙《たいじ》していた。

「ふむ……君らのことは何と呼ぶべきかな？　【明けの明星団】？　それとも【邪神教団】？　いや、確か【黄昏に顕れる者《ラグナロク・オーダーズ》】とも名乗っていたのだったかな？」

「はぁん？　何だそりゃ？　知らないねぇ」

「ほう？　ならば、なぜ私たちを襲う？」

互いに武器を構え緊迫した状況。

だが、答えるジューダスはニヤニヤとこちらを馬鹿にするような笑みを浮かべていた。

「そうだなぁ……俺たちの正体を教えてやる。てめぇらも聞いたことくらいあるだろ？去年のスタンピードで「核」たる魔物と取り巻きどもを殺し尽くした、正体不明の集団……《極剣《きょくけん》》のことをよぉ！」

「……まさか、君らがそうだとでも言うつもりか？」

「そのまさかだ！」

ジューダスのその言葉を、ローガンは下らない嘘《うそ》だと断定した。

なぜならば、ジューダスたちが所属する組織が起こしたと思われるスタンピードにおいて、《極剣》はスタンピードの終息という巨大な功績を残している。

組織の目的が何だったのかは分からないが、自分たちで起こしたスタンピードを自分たちで終息させるというのは、理屈が合わない。

つまり、真面目に答える気など毛頭ないのだ。

「……だとしても、私たちを襲う理由にはならないと思うが？」

「そんなのあれよ。強ぇ《つえ》力を手にしたら、それを振るいたくなるもんだろ？」

強い力を試したい。強い力を見せびらかしたい。そんなものが理由だと言う。

明らかに嘘だと分かる回答だが、ジューダスの声音にはどこか、一片の真実味が含まれているような気もした。

「まあ、おしゃべりはここまでにしようや」

と、ジューダスたちは一斉にストレージ・リングから何かを取り出した。

「赤色の、ポーション……？」

ジューダスたちが掲げた手の中には、血のように深く鮮烈な、赤色の液体が揺れている小瓶があった。

通常のポーションにはないその色に、ローガンたちの間に困惑が広がる。

「見せてやるよ……最強ってやつをな」

次の瞬間、ジューダスたちは一斉に慣れた手付きでコルク栓を弾《はじ》き飛ばし、その中身を嚥下《えんか》した。

「おおおおおおおおおおおおッ!!　キタキタキタキタキタキタァアアアアッ!!」

空になった瓶を投げ捨てたジューダスたち。その身から立ち上る魔力の圧力が、凄《すさ》まじい勢いで上昇していく。明らかに自分すら超える魔力量に、ローガンは思わず息を呑《の》んだ。

「馬鹿な……‼」

直後に呟《つぶや》いたその言葉は、魔力量の上昇などという些細《ささい》な変化が理由ではない。

「金色の、瞳だと……⁉」

何らかのポーションを飲んだジューダスたちが起こした、魔力以外の変化がもう一つ。

それぞれに個性はあれど凡庸であったはずの瞳の色が、十二人全て、金色へと変わっていたからだ。

現在の「人類」にとって、その瞳の色は特別な意味を持つ。

——すなわち、神々の血脈を証明する色だ。

「お前たちは【封神四家《ふうしんよんけ》】の血筋なのか……？　いや、あり得ないッ‼」

「おいおい、目の色ごときで驚いてんじゃねぇぜ？」

直後、ジューダスは回答を拒否するように剣を振るった。

閃剣士《せんけんし》スキル——【フラッシュ・ソロ】

閃光《せんこう》のような速さで横一線に振るわれた細剣から、薄く鋭い、剃刀《かみそり》のようなオーラの刃《やいば》が飛び出し、飛来する。

恐るべき早業だが、相対するローガンとて、気を抜いていたわけではなかった。

僅かとはいえ、溜《た》めの必要な剣聖技スキルでは間に合わない。ゆえに選択したのは、基本的な初級スキル。

剣技スキル【パリィ】。剣にオーラを宿し、迫り来る刃を弾《はじ》くために腕を振り上げた。

だが、剣とオーラの刃が激突した瞬間、

「ぬぅッ⁉」

両腕を襲う想像以上の衝撃に、思わず唸《うな》り声をあげる。

閃剣士は攻撃の速さと手数に特化したジョブであり、一撃の威力はそれほどでもない
——はずだった。

しかしこれは、自身の剣聖スキルと比較しても遜色のない威力だった。

あれほど無造作に放たれた一撃が、だ。

「ぬぅううあああああああッ‼」

剣に追加のオーラを注ぎ込み、全身の筋肉を使って何とか剣を振り上げた。

弾かれたオーラの刃は、上空へと飛翔《ひしょう》していく。

「……ッ‼」

残心。両腕が痺《しび》れ、全身にぶわりと冷や汗が溢《あふ》れ出す。【パリィ】に失敗していたら、

間違いなく死んでいたという確信があった。

ローガンは驚愕《きょうがく》を呑み込んで視線をジューダスたちに向けるが、ローガンの予想に反して、ジューダスは矢継ぎ早に追撃を叩《たた》き込むことはなかった。

ニタリ、と嗤《わら》って、こちらの心をへし折るように告げる。

「今のはスキルを超えたスキル、オーバースキルだ。要は既存のスキルを超強化したスキルだが……てめぇらじゃあ、一生かかっても使えねぇ技だよ。強ぇだろ？　んで」

ジューダスと共に、残る十一人も武器を構えた。

相対するローガンたち《迷宮踏破隊》の面々に、悪寒《おかん》が走る。

「――俺らは全員、オーバースキルを使えるわけだ」

直後、ジューダスたちはそれぞれに武器を振るい、魔法を放った。

その一撃一撃が、並の竜なら容易に屠《ほふ》るに足る凄まじい威力を秘めている。そんなとてつもない攻撃が、視界を埋め尽くすほどの密度で襲いかかって来る。

ローガンは叫んだ。

「総員ッ、迎撃しろッ‼」

「「「おおおおおッ‼」」」

叫びながら剣を振るい、スキルを放つ。

剣聖スキル――【壊尽烈波《かいじんれっぱ》】
剣聖スキル――【飛龍断《ひりゅうだん》】
剣聖スキル――【龍鱗砕《りゅうりんくだ》き】

狙いを定める暇もなく、そしてその必要もない。次々と放たれるジューダスたちの猛攻に対して、ローガンは、そしてクランメンバーたちは当たるを幸いに、矢継ぎ早にスキルを放ち続けた。

二つの陣営の中間で、スキルが、魔法が、衝突し続け、凄まじい爆音を轟《とどろ》かせる。吹き荒《すさ》ぶ爆風は、息を吸うことさえ困難にさせるが、それでも、

(拮抗《きっこう》している――ッ‼)

おそらくは、ジューダスたちの全力攻撃と自分たちの全力攻撃。今のところ、両者の攻撃はどちらも決定打を与えていない。

だがそれは、完全に拮抗しているわけではなかった。

自分たちの方が人数的に有利なこと、そして両者の中間で生じた爆発がジューダスたちの攻撃を減衰しているからこそだ。

それでも時おり、爆発を貫いてジューダスのものと思われるオーラの刃が飛来する。形勢はジューダス側へ僅かに傾いていた。しかし、

「おおおおおおおおおおッ‼」

ローガンは爆炎の向こう側から飛来する刃に、自らの剣を合わせた。

【パリィ】――初級の剣士スキルで刃をいなし、弾いていく。

思い出すのは41層を目指してエヴァたちと迷宮を探索していた道中のこと。中でもアーロン・ゲイルが雑魚《ざこ》敵を殲滅《せんめつ》していた他愛ない戦闘の一幕。

雨霰《あめあられ》と降り注ぐ無数の攻撃。そのほんの一部を弾くことで、連鎖的に自分に当たる軌道の、全ての攻撃をいなしてしまった神業のごとき所業。

【パリィ】でそんなことができるのかと驚いた。そして密《ひそ》かに練習していたのだ。

（あの境地にはまだ届かないが――‼）

もはや、ローガンは【パリィ】以外のスキルを使っていなかった。

それだけに爆炎を切り裂いて飛来するオーラの刃はその数を増していくが、

「――ふはははははははッ‼」

ローガンは無意識に笑いながら、次々とそれらを弾き飛ばしていく。

刃の一つを弾き飛ばし地面へ。次の一つを弾き飛ばし空へ。そして直後、一瞬の内に飛来した二本の斬撃。その一本を弾いてもう一つを相殺《そうさい》することに成功した。

（なるほどこうかッ⁉）

アーロン・ゲイルが剣聖のスキルを模倣できるならば、ローガン・エイブラムスがアーロンの技を真似《まね》できない道理はない。

覚醒した固有ジョブの強力さゆえに天才と呼ばれていたローガンは、今この瞬間、ジョブ以外の技量においても、新たなる才を開花させつつあった。

「ぉおおおおおおおおッ‼　シイイイイッ‼」

剣身を包むオーラの密度。敵の攻撃に対して当てる角度。オーラの反発力を制御し、攻撃を弾く方向を意のままに操作する精妙な技術。

そのコツを摑《つか》み、一回ごとに精度が上昇していく。

ジューダスたちへ傾いていた形勢が、僅かずつ、ローガンたちへと傾いていく。

だが。

（――ッ⁉　こちらの息切れが先か⁉）

共に全力でのスキル、魔法行使。

先に息切れを起こしつつあるのは、ローガンたちの方だった。

ジューダスたちは初手から変わらぬ威力の攻撃を放ち続けているのに対し、クランメンバーたちはスキルの乱発で急速に魔力が減りつつある。

赤いポーションを飲んだジューダスたちの魔力量は、人数差を考慮してもなおこちらより上だ。ならば力尽きるのはこちらが先だろう。

程なく、形勢は決定的に傾くだろうと思われた。しかし、

「「ッ！！？」」

次の瞬間、両者の力量以外の理由から、勝敗が決したことをローガンたちは察知した。

それはジューダスたちも同様なのか、どちらともなく攻撃の手が止《や》み、破壊的な攻撃の嵐が消えていく。

「ぜぇえあああああッ‼」

その最後、爆炎を切り裂いて飛来してきた四本の刃を、ローガンは【パリィ】で弾いて相殺した。

後に続く追撃はなく、完全に両者の攻撃が止む。

爆炎が消えた向こう側に立つジューダスへ、激しく肩を上下させながら、告げた。

「ふうっ、はあ……ッ、イグニトールを利用した挟み撃ちで、我々を殲滅するつもりだったのだろうが……残念だったな、ジューダス」

もはや、その場の誰もが気づいていた。

火口エリアに存在した巨大な魔力が、急速に消えつつあることを。

それはすなわち、

「まさか……本当に倒すとはな」

どこか神妙な顔で、ジューダスが呟くように言う。

ローガンが言葉を引き継いだ。

「イグニトールは討伐された。……我々の勝ちだ」

さすがにアーロンたちを含む全員でかかれば、ジューダスたちとて勝機はないだろう。

そう確信するローガンたちの前で、ジューダスはおもむろに細剣をストレージ・リングへ収納した。

(観念したのか？　……いや、それにしては)

一瞬諦めたのかと考えるも、これほど簡単に敗北を認めるのは違和感があった。

そしてそれは――正解だ。

「くふっ、ふはははッ」

(――なぜ笑う？)

僅かに俯《うつむ》いたジューダスの肩が震え、堪《こら》えきれないというように笑声が溢れ出す。

「ひゃはははははッ‼　まさか！　まさか本当に倒しちまうとはなぁッ‼」

次の瞬間、異変に気づいた。

「……ッ⁉　なんだ⁉　魔力が――⁉」

ローガンたちの後方、ちょうどイグニトールがいた辺りから、哄笑《こうしょう》するジューダスへ向かって、魔力が急速に流れ込んでいく。

「はぁ～あ、傑作だぜ。……おい、持ってろ」

ジューダスはストレージ・リングから閃剣士《せんけんし》には不向きであるはずの大剣を取り出すと、それを地面に突き立てて、なぜかリングを腕から抜き取り隣の仲間に投げ渡す。

なぜ、大剣を取り出したのか。なぜ、ストレージ・リングを仲間に預けたのか。

疑問への答えを出す前に、魔力を吸収し続けるジューダスの体に異変が現れた。

「ォオオオオオオオオオオオオ――ッ‼」

次の瞬間、ジューダスは天へ向かって激しく吼《ほ》えた。

同時、どういうわけか、瞬く間《またたくま》にその体が巨大化していく。

ジューダスが身につけていた衣服は内側からはち切れ、体の各部に残骸だけが残る。

身長は優に三メートルを超え、四メートルに近い。頭部からは緩く歪曲《わいきょく》した二本の角が生え、瞳が金色なのは変わらないが、その虹彩《こうさい》は爬虫類《はちゅうるい》のように縦に裂けていた。

おまけに背中と腰の後ろからは皮膜のある大きな翼と太い尻尾が生え、全身の体表は鈍く光を反射する深紅の鱗《うろこ》で覆い尽くされた。

ソレは前へとせり出した顎で、ぞろりと生え揃《そろ》った牙を見せつけるように、大口を開けて嗤った。

「クハハハハハ‼ テメェラ、俺様ニ上質ナ魔力ヲ献上シテクレテ、ドウモアリガトウヨ。……一瞬、勝ッタト思ッタロ、ン？」

内に籠ったような、妙に聞き取りづらい声。

いまやジューダスは、人間とは似ても似つかない異形と化していた。

言うなれば、《皇炎龍イグニトール》を無理矢理人の形にしたような――怪物。

「おいおい、マジかよ……イグニトールの魔力を吸収したのか？」

「まさか、強さまでイグニトールと同等……なんてことはねぇよな？」

クランメンバーたちが頰をひきつらせながら声をあげる。

それを聞いたジューダスは、突き立てていた大剣を引き抜きながら答えた。

「クハハッ、ドウダロナァ？ ――試シテミルカッ‼」

ガパリ、口を開けた。

その口腔《こうこう》の奥に灯《とも》る光を見た時、ローガンたちの背筋に一様に怖気《おぞけ》が走った。

「「――ッ⁉」」

それが何かなど、説明するまでもない。

――ドラゴン・ブレス。

光の奔流にしか見えない、炎の息吹《いぶき》が迸《ほとばし》る。

「迎え撃てッ‼」

それだけ叫んでローガン自身も素早く剣を振るった。

剣聖スキル――【壊尽烈波《かいじんれっぱ》】

そしてクランメンバーたちがそれぞれに、咄嗟《とっさ》に放つことのできる最大化力のスキルを、魔法を放った。

一瞬の内に迫り来る炎の息吹は、弾幕のごとく雨霰と放たれたローガンたちの攻撃を、易々《やすやす》と呑《の》み込んだ。

それまでの十二人の猛攻すら一人で凌駕《りょうが》する、桁外れの威力。

もはや次のスキルを発動するのも間に合わない。【パリィ】ならば発動できるかもしれないが、ドラゴン・ブレスに対して【パリィ】など何の役にも立たないだろう。

（これは死んだか――ッ⁉）

極限の危機に引き伸ばされた意識の中、ローガンは自らの死を確信した。

そこへ――、

「ぉおおおおおらぁあああああああッ‼」

我流剣技――【連刃結界《れんじんけっかい》・氷硬壁】

突如として、ローガンたちの背後から放たれた無数のオーラの刃《やいば》が、迫り来るドラゴン・ブレスの前へ躍り出ると、瞬時に曲面を描く巨大な盾となって立ちはだかった。

炎のブレスが氷の盾と激しく衝突し、瞬く間に耐久力を削られながらも、曲面に沿って炎の奔流は左右に流れていく。

時間にして僅か数秒、氷の盾が壊れると同時に、しかし炎のブレスも止んだ。

凄《すさ》まじい熱気が立ち込める向こう側、まさかブレスを防がれるとは思っていなかったのだろう。表情の判別しづらい龍頭に、けれど大きく見開かれた龍眼は驚愕《きょうがく》を示している。

「アーロン⁉　──フィオナ嬢⁉」

攻撃を防いだアーロンの名を呼ぼうと声をあげた瞬間、ローガンの横を何者かが素早く駆け抜けた。

前へ飛び出したその人影は「剣舞姫」フィオナ・アッカーマン。

彼女は呆然《ぼうぜん》とするジューダスの虚を衝《つ》くように、一瞬にしてその懐《ふところ》へ潜り込むと、

「吹き飛び、なさいッ‼　はぁあああああッ‼」

両の細剣から放たれたのは、空間を斬り裂くがごとく、鮮烈な光を宿すオーラの斬撃。

剣舞姫スキル──【終閃《ついせん》の舞《まい》】

おそらくはイグニトール戦で積み上げたのだろう幾重ものバフを代償に、超絶強化され

た斬撃が一瞬の内に四度放たれた。

「ゴッ⁉　ォオオオオオオ――ッ！？」

だが、鋭い斬撃もジューダスの体を斬り裂くことはなく、オーラの刃が押し出すように
その巨体を吹き飛ばす。

真後ろへ吹き飛ばされたジューダスの巨体は、火口エリアの出入り口から外へと吹き飛
んでいった。

それを追って駆け出すフィオナをさらに追うように、アーロンがローガンの横を通り抜
けながら告げる。

「ローガン！　あのデカブツは俺とフィオナでやる‼　他は任せたッ‼」

火口エリアの外へ抜けようとするアーロンを、《グリント》と《ヘイパン》の十一人が
止めようと立ちはだかるが、アーロンは一際《ひときわ》強く踏み込むと、高く跳躍して奴《やつ》らの背後へ
抜けていった。

それを追おうと動き出す《グリント》たちへ、

「そいつらにアーロンたちを追わせるなッ‼」

「――ぐうッ‼　てめぇッ‼」

剣聖スキル――【飛龍断《ひりゅうだん》】

ローガンは攻撃を放って足止めする。

その直後、続くようにクランメンバーたちも足止めを目的とした攻撃を放った。

これに対処するため、《グリント》たちは踏み留《とど》まり迎撃するしかなくなる。

「イグニトールに続いて大役を押しつける形になってしまったか……」

火口エリアの外へ出ていったアーロンとフィオナに若干の申し訳なさを感じつつも、ローガンは努めて笑みを浮かべ、クランメンバーたちを鼓舞するように声をあげた。

「諸君！　せめてこいつらくらいは我々で始末をつけないと、良い所なしだぞ‼　手柄をエイル組だけに持って行かせるなよッ‼」

「「「おおうッ‼」」」

●○●

火口エリアの外へ出ると、油断なく剣を構えるフィオナと、大剣を握った化け物が対峙《たいじ》していた。

俺はフィオナの横に並ぶと、白銀を構えながら化け物を観察する。

まるでイグニトールが人型になったみたいな怪物だが、予想するに《グリント》か《ヘイパン》の内の誰かだろう。しかし、大剣を使う奴なんていたか……？

「あいつ、私の【終閃の舞】を受けてもダメージがないわよ……」

「ま、その理由はあの見た目から想像がつくがな」

【終閃の舞】を受けても傷一つない様子の化け物に、フィオナが警戒を強めながら言った。

それに返しつつ、俺も警戒を強める。【終閃の舞】は【剣《つるぎ》の舞】と【神捧《じんぼう》の舞】による強化度合いによって威力が変わる技だが、さっきの攻撃は35層の守護者、ノルドくらいなら倒せるかもしれない威力があった。決して弱い攻撃ではない。

にも拘《かか》わらず無傷というのは、嫌な予感がするぜ。

「アー、テメェラカ……ヤッテクレタナ……‼」

人龍の化け物が妙に籠った声で口を開いた。

「ダガマア、良イ。特ニアーロン、テメェハ元々、俺ガブッ殺シテヤルツモリダッタカラヨ。手間ガ省ケタゼ」

「……その声、ジューダスか」

聞き取りづらいが、声質に面影があった。

おそらくは目の前の人龍はジューダスなのだろう。そして奴もそれを否定しない。

「ずいぶんと格好良くなったじゃねぇか」

「ハンッ、テメェラガイグニトールヲ殺シテクレタオ陰ダヨ。アリガトヨ」

「……ドロップが出なかったのはてめぇの仕業か。こそ泥が」

状況から判断するに、イグニトールの魔力を吸収してああなったみたいだな。

人が龍に変わるなんて色々信じがたい現象だが――今は小難しいことを考えている暇はない。

「フィオナ、【終閃の舞】でバフが切れてるだろ。距離を取って援護に徹しろ」

「……分かったわ」

「相談ハ終ワリカ？　ジャア、死ヌ準備ハ出来タナ？」

「待っててくれたのか？　お優しいこって」

フィオナが俺とジューダスから離れるように距離を取る。

それを視界の端で見届けてから、俺は戦闘開始の合図を告げるように、白銀にオーラを注ぎ込んだ。

「…………」

睨《にら》み合いは数秒。

俺が一歩前へ踏み出し、【瞬迅《しゅんじん》】で懐に飛び込もうとした瞬前、出がかりを潰すようにジューダスは大剣を小枝のように振るった。

四つの閃光《せんこう》。

閃剣士《せんけんし》スキル【フラッシュ・カルテット】――と、似て非なるナニかだ。

おまけにどういうわけか、それは単なるオーラの刃ではなかった。人型イグニトールに変化した影響なのか、オーラは炎を纏《まと》っている。

素早い攻撃と連撃が特徴の閃剣士は、しかし代わりに一撃の威力が軽いという欠点を持つ。だがいまや、奴からその欠点は消え去っていた。

何しろ細剣の代わりに大剣を軽々と、小枝のように振るっているのだ。それだけでも一撃の威力は段違いだろう。

こうなってしまうと閃剣士というのはひたすら厄介だ――が、対処は変わらない。

我流剣技――【化勁刃《かけいじん》】

腕力はいらない。

迫り来る刃にオーラを纏った剣身を当て、オーラ同士の反発を制御して弾《はじ》き飛ばす。飛来する刃を別の刃に当て、連鎖的に相殺《そうさい》させる。

俺の前方で炎の刃たちが砕け散り、視界を塞ぐように残炎が舞った。

（チッ！　クソ熱《あち》ぃ！）

直接は喰《く》らっていないのに、肌が焼け、喉が痛みを訴えるような激しい熱波が俺を襲う。

こんなもの、直撃ではなくとも何度も受けてはいられない。それに――、

「ヴァアアアアアアアッ‼　死ネッ‼」

束《つか》の間《ま》、視界を塞いだ炎のカーテンの向こう側から、炎の熱など微塵《みじん》も気にすることなく、ジューダスが真《ま》っ直《す》ぐに距離を詰めてきた。

そして炎を纏った大剣を大上段から片手で振り下ろす。

真正面からの奇襲。だが、【魔力感知】で動きは把握していた。

俺は熱によるダメージを防ぐため、全身に薄くオーラを纏いながら、その場から動かずに奴の剣を待ち受けた。

【化勁刃】。斜めに持ち上げた白銀の剣身に奴の斬撃を滑らせる。

受け流した大剣は流星のごとき激しい勢いで地面を叩《たた》き、盛大に土砂を巻き上げた。

全身に叩きつけられる小石を無視しながら、目の前、がら空きの胴体に向かって剣を振り抜く。

我流剣技【重刃《じゅうじん》】【閃刃《せんじん》】――合技【重閃刃《じゅうせんじん》・氷牙《ひょうが》】

遠距離攻撃ではないから【飛閃刃《ひせんじん》】や【連閃刃《れんせんじん》】のように溜《た》めも必要ない。それに実のところ、極技を除いて最高の斬れ味を誇るのが、この剣技だ。

「――チッ！」

ゆえに、俺は舌打ちしてしまった。

振り抜いた剣に重い手応え。

鱗《うろこ》に覆われたジューダスの腹部は、その表面が斬撃の跡に沿って一筋の氷に覆われていた。しかしながら、血の一滴も流れてはいない。全くの無傷。予想が当たっちまった。

マジで最悪だぜ。

この鱗、「龍鱗《りゅうりん》」だ。

「今ナニカシタカ⁉　効カナイネェッ‼」

嗤《わら》いながら顔をこちらに向けたジューダスが、その大きな口を開く。

丸見えとなった口腔《こうこう》の奥に光。

「おいおいッ⁉」

背筋に走る悪寒《おかん》に従い、【瞬迅】でその場から距離を取る。

一瞬前まで俺がいた場所を、煌々《こうこう》と輝く炎の奔流が通りすぎていった。

瞬《また》く間《ま》に地面が赤熱し、爆《は》ぜる。

ドロドロに溶けた地面を見れば、ブレスに秘められた熱量が尋常ではないことが窺《うかが》える。

直撃どころか、かすっただけでも死にかねない威力だ。

奴はブレスを吐き続けたまま、首を廻《まわ》らせて回避した俺へと叩きつけようとして、

「――ガッ⁉」

だが奴の頭部を、何処《どこ》からか飛来したオーラの刃《やいば》が強《したた》かに叩き、その衝撃でブレスは中断された。

――【フライング・スラッシュ】

「ナイスだフィオナ！」

見れば、フィオナは常に動き回りながら距離を取っている。言った通り牽制《けんせい》に専念してくれるつもりらしい。素直で助かるぜ。

「鬱陶シイ！　効カネェンダヨッ‼」

だが、やはり龍鱗の上からではダメージは皆無だ。

すぐにジューダスは剣を振り回し、閃《ひらめ》くような速度で幾重もの斬撃を繰り出す。

飛来する炎の刃を【瞬迅】で回避する。フィオナも回避した。閃剣士スキルとはいえ、距離を取っていれば回避することは不可能じゃない。

俺は次々と襲いかかる斬撃を回避し続けながら叫んだ。

「フィオナ！　このまま距離を取ってしばらく様子を見る‼」

「分かった！」

そんな俺たちの会話に、ジューダスが「ハハハハハハハ‼」と嗤う。

「俺ノ魔力ガ尽キルノヲ期待シテルノカ!? ソレトモコノ姿ガ元ニ戻ルトデモ!? 残念ダッタナァ!! 数時間ハ魔力モ尽キネェシ、元ニモ戻ラネェヨ!!」

回避しながら牽制の【飛刃《ひじん》】を幾度も放ち、考え続ける。

奴《やつ》の言葉が本当だとしたら、持久戦は分が悪い。

おまけに俺とフィオナの二人を相手にしていても、手数が減ることもない。フィオナに時間稼ぎを頼んで極技を放つことも考えたが、今のジューダス相手に、フィオナ一人で十秒近くもの時間を稼ぐのは無理だ。

何しろジューダスは、もはや俺たちの攻撃を避けようとも防ごうともしていない。全ては龍鱗で無効化できるのだから、その必要がないのだ。

つまり、奴は一方的に俺たちを攻撃できる。自分にダメージを与えられない攻撃など、ジューダスからしてみれば大きな隙にしか見えないだろう。

だから下手な攻撃をすれば、反撃でそのまま倒されかねない。

かといって、どうにか時間を稼ぎ極技を放ったところで、龍鱗がある以上倒しきれない可能性がある。

奥の手は極技以外にもう一つあるが、あれも発動するまで時間がかかる……。

「オイオイオイッ！　逃ゲ回ルシカ能ガネェノカ、テメェラハ⁉　時間カケテモ剣聖タチハ助ケニキチャクレネェゼ⁉」

確かにローガンたちがあっちを片付けて加勢に来てくれれば、かなり楽になるんだが……悠長にそれを待っている時間はないだろう。

なら、俺たちで倒すしかないわけだが……龍鱗だけでも厄介なのに、ブレスだの炎の斬撃だの、焦《あせ》れば予想もつかない攻撃に対処を誤るかもしれん。

ゆえに、考えなしに突っ込むわけにはいかなかった。

神経を張りつめた攻防が続く。

回避と牽制の【飛刃】を織り交ぜながら、ジューダスをじっと観察する。

「オラッ！　オラオラオラオラオラオラオラァッ‼　コノママジャツマンネェゾ！　カカッテコイヤ雑魚《ザコ》ドモ‼」

まるで横殴りの雨のように襲いかかる、無数の炎の斬撃。

その合間合間に光線のごときドラゴン・ブレスが横薙《よこな》ぎに放たれ、戦場となる火山の一角を吹き飛ばし、地形を変えていく。

一方で、俺たちの攻撃など歯牙《しが》にもかけない。

この状況を見れば、俺たちが敗北するのも時間の問題だと、誰もが思うだろう。【魔力感知】で知覚できる魔力量は、俺たちよりもジューダスの方が遥《はる》かに上回っている。継戦能力は奴の方が高いのは間違いない。

そして巨体とはいえ、小回りの利《き》く大きさだから動きが鈍重なわけでもない。

素早い動きでフィオナとの間合いを詰めたジューダスが、大剣を振り下ろす。

「――オラァッ‼」

「くっ⁉」

閃剣士スキル――【ファントム・ステップ】

緩急をつけた加速と減速。見る者を幻惑するような歩法で間合いを詰められると、近距離からの攻撃を回避するのは難しくなる。

距離を詰められたフィオナがジューダスの大剣で斬られそうになるのを、間一髪、【重飛刃】で邪魔することに成功した。

「フィオナ‼　無理せずもっと距離を取れ‼」

唯一の救いは、ジューダスの【ファントム・ステップ】よりも俺の【瞬迅】やフィオナの【スピード・ステップ】の方が、機動力という面では上回ることだろう。

「クハハハハハッ‼　何時《イツ》マデ逃ゲ続ケラレルンダ⁉　息ガアガッテンゾ⁉」

その言葉通り、俺もフィオナも徐々に息があがり始めている。少なくとも体力という点でも、ジューダスに分があるようだ。

このまま体力を失い続ければ、遠からず致命的なミスをしかねない。

だが……それでも攻勢に転じず、俺たちは回避に徹し続けた。

(おいおい、こいつ何発撃てんだよ⁉)

ジューダスはまるで無尽蔵の魔力を持つかのように、オーラの刃を、ドラゴン・ブレスを乱発する。どれだけ攻撃させてみても、奴の攻勢が弱まる気配はない。

至近を通りすぎていく炎の熱が体力を奪い、意図もなく放たれたと思われた炎のブレスが、いつの間にか地面を所々溶岩のように煮立たせ、足場を制限していく。

俺は移動に【空歩瞬迅《くうほしゅんじん》】を織り交ぜて空中も足場にしながら、追い詰められた獣が必死に足掻《あが》くように、徐々に攻撃を増やしていったが――。

【重飛刃】【轟飛刃《ごうひじん》】【飛龍断《ひりゅうだん》】【壊尽烈波《かいじんれっぱ》】【巨閃刃《きょせんじん》】――その全て、ジューダスにダメージを与えることはできない。

一瞬たりとも止まることのない戦闘は数分に亘《わた》って続き――、

やがて、俺は足を止めた。

「オ？　ドウシタ？　遂ニ観念シタカ？」

「ふぅ～」

と、深く息を吐く。

数分間の攻防。イグニトールからの連戦だとはいえ、体力も魔力も尽きたわけではない。

かといって、ジューダスの言うように観念したわけでも、もちろんなかった。

「よし、だいたい分かった」

「ハア？　何言ッテンダ、テメェ？」

俺は探索者だ。

ゆえに当然、その戦闘経験の多くは魔物相手となる。

もちろんゴブリンやらスケルトンやらと、人型の魔物は多く存在するが、魔物に比べれば対人戦闘の経験は多いとは言えない。

それにこんな化け物と戦った経験は、さすがにないからな。

「警戒してたんだよ」

今のジューダスに何ができて何ができないのか、ずっと観察していたのだ。

先ほど吐いた息は、安堵《あんど》の息。

俺が最も警戒していた能力が、ジューダスにないと知って。

「悪いがそろそろ終わらせるぞ」

「……逃ゲ回ッテバッカノテメェガ、俺ニ勝テルトデモ？」

逃げ回るのを止めた俺の様子に、途端に警戒したような声を出すジューダス。

やはり言葉面とは裏腹に、こいつは慎重な奴だ。こちらの足場を徐々に制限するような戦い方からも、力任せの馬鹿ではないと分かる。熟練の探索者らしく、ちゃんと狡猾《こうかつ》だ。

だが――。

「その姿になったのは、失敗だったな」

「ハア？　失敗？　テメェノ目ハ節穴ミテェダ――ナッ！」

答えの途中、こちらの不意を突こうとしたのか、奴は高速で幾度も剣を振るった。

一息に放たれる四本の斬撃。続けて放たれる幾本もの斬撃。

飛来するそれらを【化勁刃《かけいじん》】で弾《はじ》き、捌《さば》く。炎が舞うため、相殺《そうさい》するのは最低限に。多くは空に打ち上げるか、左右に流す。

そうしながら、俺はゆっくりと確実に前進していく。

「お前の弱点、その一だ」

「ネェヨ！　ソンナモンハ！」

「イグニトールもどきに成れても閃剣士《せんけんし》としての戦い方は変わらない」

「ダカラドウシタッ!?」

ジューダスは人外の肉体を手に入れても、その戦い方は閃剣士に縛られている。

人間相手、それも剣士の動きなら、よく分からん化け物などより、よほどやりやすい。

そして閃剣士の攻撃は確かに速く、継ぎ目のほとんどない連撃は厄介だ。しかし、手数が多いからこそ一撃一撃の攻撃は、その軌道は単調だ。

【パリィ】や【化勁刃】で飛来する刃を弾くことができるなら、防御に徹することで連撃を凌《しの》ぐことは難しくない。

そして——、

「真正面カラ馬鹿正直ニ来ヤガッテ‼　喰ラエッ‼」

ガバリッと口を開き、ジューダスは喉の奥からブレスを吐き出した。

一直線に迸《ほとばし》る高熱のブレス。【瞬迅】で斜め前方に回避。

「弱点その二」

回避したところで再度の【瞬迅】。

ジューダスの懐《ふところ》に潜り込むと同時に、疾走の勢いを乗せて剣を振り抜いた。

「使いこなせない能力に頼りがち、だッ‼」

模倣剣聖技——【龍鱗砕《りゅうりんくだ》き・氷牙《ひょうが》】

「ガァッ⁉」

オーラの戦鎚《せんつい》を叩《たた》き込み、ジューダスの巨体を弾き飛ばす。

イグニトールもどきの力は確かに強力だが、それを使いこなせているわけではない。本来、ジューダス自身にはない能力なのだから、当然だ。

少し焦ると途端にブレスで仕切り直そうとする傾向がある。

だが、ブレスは回避されると隙が大きい。

「テメッ⁉」

「弱点その三」

【瞬迅】。吹き飛び、地面を二転三転したジューダスが起き上がった瞬間、距離を詰めていた俺はもう一度、奴の胴体に向けて剣を振るった。

【龍鱗砕き・氷牙】

再びジューダスが吹き飛ぶ。

「その体は鈍重じゃないが、別に動きは速くもない」

むしろ変身する前の方が、動きは少しだけ速かっただろう。

「ガァアアアアアアッ‼」

地面を転がり飛び起きたジューダスが、体勢を整える間もなく滅多矢鱈《めったやたら》と剣を振り回す。

【瞬迅】で距離を詰めようとした俺は無理に前へ出ず、足を止めて飛来する炎刃を受け流すことに徹する。

「弱点その四。効かない攻撃を軽視しがち」

「グアッ⁉」

　俺の追撃を嫌がるあまり、注意がこちらに集中する。

　その瞬間、意識の隙間を縫うようにフィオナが放った【フライング・スラッシュ】が直撃し、ジューダスの頭部を揺らした。

　攻撃が止まる。

【瞬迅】。距離を詰め、再びジューダスの懐に潜り込んだ。

「弱点その五」

　これが一番重要だ。

「お前は飛べない」

　もしもジューダスに飛行能力があれば、厄介だった。

　だが、この戦闘中、龍の翼があるジューダスが飛んだことは一度もなかった。わざわざ【空歩瞬迅】を使って空中戦に誘い出そうとしたのに、だ。

　つまり背中の翼はただの飾り。ブレスなんかと同じだ。龍もどきの肉体を手に入れたからといって、簡単に使いこなせるわけはない。

こいつに飛行能力はないし、せっかく生えている尻尾を有効活用することもなかった。

「ザケンッ⁉」

剣を振るう。

――【龍鱗砕き・氷牙】

吹き飛んだジューダスを【瞬迅】で追う。

「ルァアアアアアアアアッ‼」

奴《やつ》は翼を広げて空中で姿勢を制御。

吹き飛びながらもこちらに顔を向け、口を開く。

しかし、俺は足を止めない。

――【ダンシング・オーラソード】

口腔《こうこう》の奥からブレスが吐き出されようとした直前、地を這《は》うような軌道で飛来したオーラの剣が、奴の真下で急上昇し、その顎をかち上げた。

「ゴッ⁉　――クソアマガァアアアアッ‼」

盛大に悪態を叫ぶジューダスに追いついた。

間合いに捉えた奴の胴体は、三度に亘《わた》る【龍鱗砕き】で鱗《うろこ》が剝がれ落ちている。

「おおおおおおッ‼」
我流剣技——【重閃刃《じゅうせんじん》・氷牙】
横薙《よこな》ぎの一閃《いっせん》。
剣は抵抗もなく通りすぎ、ジューダスの胴体を上と下とに両断した——。

エピローグ「まさか……奴があの《極剣》だったとは、な……」

さて。

あの後の話をしよう。

俺とフィオナがジューダスを倒した後、火口エリアに戻るとローガンたちの戦いも終息していた。

ローガンたち側に怪我人《けがにん》以外の被害はなく、対して《グリント》と《ヘイパン》の十一人は内六人が死亡という結果だった。

それでもきっちり五人は捕虜として捕まえているんだから、流石《さすが》と言うべきか。

これで今回の探索における裏の目的――スタンピードを起こした組織の襲撃を誘引し、情報源としてその構成員を捕らえるという目的は果たされた。

一方、表向きの目的もしっかりと果たされている。

それと言うのも、45層を突破して、46層に新たなる転移陣を設置するという目的だ。

あの後、全員で46層に降りてからエヴァ嬢たち【封神四家《ふうしんよんけ》】の四人に転移陣を設置してもらい、俺たちはその転移陣で地上へと帰還した。

すでに46層の転移陣のことは広く発表されていて、表向きには《グリント》と《ヘイパン》十二人が犠牲になったことになっているが、それでもクラン《迷宮踏破隊》の偉業としてネクロニア市中に広まっているそうだ。

同時に、新階層攻略による新資源の流通を期待して、商人たちの動きが活発になりつつあるとか。

そんなわけで、ネクロニアでは《迷宮踏破隊》という新たなる英雄たちの出現と偉業を讃《たた》えつつも、まるで祭りのような活況と空前の好景気に沸きつつあった。

一方――当事者たる俺たち《迷宮踏破隊》はというと、

「「「乾《かん》ぱぁーいッ!!」」」


迷宮から戻ってきて三日後、諸々《もろもろ》の疲れも癒えた頃を見計らって、先日の探索メンバーたちが集まっていた。

場所は探索者ギルドから程近い大衆酒場だ。

四十人を超える大所帯で酒場を貸し切り、今回の労をねぎらうため宴会が開かれていた。

もはや何度目かも分からない乾杯の音頭《おんど》と共に、バカどもがジョッキを呷《あお》っている。

「――ったく、裸で馬鹿騒ぎしやがって。品がねぇ奴らだぜ」

俺はそれを呆《あき》れた目で眺めつつ、静かに酒を呷る。

だいぶ酔いが回っているのか、服を脱ぎ捨て全裸となってテーブルに上り、騒いでいる乱痴気野郎どもさえいる始末だ。まったく見るに堪えんぜ。

「そういうアーロンさんも裸ですけれどッ⁉　服を着てくださいまし‼」

「品がないのはアンタも同じでしょ！　ほとんど裸じゃない‼」

すると、同じテーブルに着いていたエヴァ嬢とフィオナが顔を赤くして文句を言ってきた。

「おいおい、二人とも、誤解を招くような発言は止《や》めてもらおうか。俺は奴らと違って、ちゃんとパンツは穿《は》いてるだろ？」

「パンツだけしか穿いてないじゃないですの‼」

「だけとは何だ。靴も履いてるぞ？」

「より変態っぽく見えますわよ⁉」

もちろん、俺が服を脱いでいるのには深遠な理由がある。

宴会の最初くらいはバカどもに合わせてやろうと空気を読んだ結果だ。というのも――、

「おう！　アーロン！　ウッドソード・マイスター！　飲んでるかおら⁉」

「今回の殊勲賞だろ、お前が飲まねぇと他の奴らが遠慮しちまうだろうが！」

「杯が空いてんぞ！　俺が注いでやる！　ガッハッハッハッ‼」

宴会が始まってからというもの、妙にクランメンバーから声をかけられるのだ。

どうも今回の探索でそこそこ活躍したからか、クランメンバーとの間にあった蟠《わだかま》りが解消された結果らしい。

最初は『初級剣士』ジョブだと嘘《うそ》を吐《つ》いていると思われてたからなぁ。いや、今もそこは変わってないんだが、実力があれば細かいことは気にしないのが探索者という人種だ。蟠りが消えたのは大変結構なことだが、騒がしく絡んでくる阿呆《あほう》どもには苦言を呈さねばなるまい。

「お前ら、ここにはお嬢さん方もいるんだ。ちったぁ遠慮しろよ」

「おお、そうだったな！　すんません、キルケーのお嬢‼」

「あ、いえ……分かってくだされば、よろしいですわ」

「それから『剣舞姫』も悪かったな！　今回の探索じゃ助けられたわ！　さすがは『剣舞姫』！」

「殊勲賞二番手だもんな！　ジューダスの野郎をぶっ飛ばした時には痺《しび》れたぜ！」

「そう……別に、大したことないけど？」

何でもないふうを装《よそお》いながらも、どこか得意気な調子でフィオナが返す。

笑みを堪《こら》えているのか、口角がぴくぴくと震えているが。

ちなみに野郎どもが礼を言っているのは、フィオナが人龍と化したジューダスを火口エリアの外へぶっ飛ばしたことだ。

あいつはドラゴン・ブレスも使えたし、あのままあそこで戦いになっていれば、間違いなく大きな被害が出ていただろう。おまけにクランメンバーたちは【封神四家】の四人を庇《かば》いながら戦っていたわけで、下手に回避することさえできなかったのだ。

ゆえに、フィオナがあそこでジューダスをぶっ飛ばしたのは、結果的に多くのクランメンバーを救うことになった。

なのでさっきから、フィオナも多くのクランメンバーたちに声をかけられ、礼を言われていたわけだ。

そして礼と言えばと、俺は酔っ払いどもを追い払った後に、ふと思い出して口を開いた。

「そういやフィオナ、今回は俺も助かったぜ」

「は？　えっと……何のことよ？」

心当たりのなさそうな顔で首を傾《かし》げるフィオナに告げる。

「ジューダスとの戦いでの援護のことだよ」

「ああ……別に、アンタがお礼を言うようなことじゃないでしょ？　……主に戦ってたのは、アンタなんだし」

そう答えるフィオナの表情は、どこか不満そうな……いや、あるいは沈んでいるようなものだった。

何やら気にしていることがあるみたいだが、俺としては悪くなかったと思うんだがな。

「まあ、そりゃそうなんだが。お前以外だったら、あそこまで上手《うま》くはいかなかったと思うぞ」

今思い返してもフィオナの援護は的確だった。

そしてそれは、フィオナの力量もあるんだろうが、フィオナが一番俺の戦い方を理解しているからでもあるだろう。おそらく他の誰かがフィオナの代わりを務めても、あそこまで上手く、俺に合わせるのは難しかったはずだ。

——というようなことを説明すると。

「は、はあ……？　何よ、それ……アンタに褒められても、別に嬉《うれ》しくないし……ぇへ」

「あらあ？　フィオナったら、顔が赤いわよ？」

俯《うつむ》いたフィオナの顔を覗《のぞ》き込んで、エヴァ嬢がニマニマと笑いながら言った。

「はあッ!?　赤くなってないわよ適当なこと言わないで‼」

「ふぅーん？　そうですの。フィオナったらやっぱりアーロンさんのこと……」

「ふっ、ふざけたこと言ってんじゃないわよぶっ飛ばすわよッ!?」

フィオナとエヴァ嬢はずいぶん仲が良いらしい。

騒ぎ始めた二人を横目に酒を飲んでいると、今度は同じテーブルに着いていたもう一人
──我がクランのマスターであるところのローガンが口を開いた。

「実際、全力のジューダスと戦ったのはアーロンとフィオナ嬢だが、どうだった？　彼は自分たちのことを《極剣《きょくけん》》だと名乗っていたが」

「……ん？」

俺は《極剣》って何だろうと思いつつも、黙って聞いていた。

ローガンの言い方から二つ名っぽい感じもするが、聞いたことがない。俺は基本ソロだし、知り合いも少ないから探索者関連の噂《うわさ》には疎《うと》いんだよなぁ……。

しかしながら、ローガンがまるで常識みたいに語っているのが気になるところだ。《極剣》なんて知らないと正直に言うべきか否《いな》か……。いやしかし、それだと俺の理知的なイメージが……。

「ジューダスと戦ってみて、アーロンはどう思ったかね？」

ローガンが俺に問う。なぜか、妙に真剣な眼差《まなざ》しだ。

ふむ、ここは……と、俺は神妙な表情で頷《うなず》き、答えた。

「ああ、まさか……奴《やつ》があの《極剣》だったとは、な……」

「「…………」」

なぜだろう？　先ほどまで騒いでいたフィオナもエヴァ嬢も、そしてローガンも、俺が答えた瞬間、胡乱《うろん》な眼差しを向けてきたんだが。

「いや、アーロン……おそらくジューダスは《極剣》ではないだろう」

騙《だま》された⁉　じゃあ何で聞いたんだよ‼

「ジューダスは、なぜ《極剣》の名を騙《かた》ったのかと聞きたかったんだが……まさか」

と、ローガンが何かに気づいたかのように言葉を続けようとしたので、

「ああ俺もそうだと思ったぜ！　あの野郎、《極剣》さんの名を騙るなんてとんでもねぇ野郎だ‼　《極剣》さんが迷惑だろ、なあ⁉」

「……まあ、そうだな」

ローガンは物問いたげな顔をしつつも頷いた。よし！　何とか誤魔化せたぜ‼

「おそらくは、単に我々を撹乱《かくらん》するために《極剣》の名を騙ったのだと思うのだが……フィオナ嬢はどう思うかね？」

「私もそう思うわ。スタンピードの核を討伐した《極剣》とあいつらじゃあ、行動が矛盾してるもの」

「やはり、そう思うか」

と、なぜか俺に聞くことを止めたローガンとフィオナの間で結論が導き出されていく。

しかし話を聞くに、どうやら《極剣》ってのは正体不明っぽいな。だからジューダスたちも名を騙ったのか。

ふむ……いったい誰なんだ、《極剣》って……。

何か強そうな相手だし、敵でないことを祈るばかりだぜ。

あとがき

こんにちは。あるいは初めまして、天然水珈琲《てんねんすいこーひー》と申します。

「極剣《きょくけん》のスラッシュ　～初級《しょきゅう》スキル極《きわ》めたら、いつの間《ま》にか迷宮《めいきゅう》都市《とし》最強《さいきょう》になってたんだが～」をお手に取っていただき、誠にありがとうございます！

本作はカクヨム上で発表していた小説が幸運にも第８回カクヨムＷｅｂ小説コンテストで特別賞をいただき、ファンタジア文庫様より出版していただけることになりました。

子供の頃から読んでいたレーベルで自身の小説を出させていただけることに超絶深い感慨を抱きながら、担当様と相談し、Ｗｅｂ版から色々削ったり、逆に増やしたりしながら、ブラッシュアップを重ねたものがこちらになります。

個人的には無駄を省いてぎゅっと濃縮しながらも、新しい視点、新しいストーリーを盛り込み、書籍版からの読者様だけでなく、Ｗｅｂ版既読の読者様にも楽しんでいただける内容に仕上がったと自負しております。

著者近況でもほんの少し触れていますが、本作は「最強バトルファンタジー」でありま
す！

なので基本的にはバトル描写に重きを置きつつも、一方で主人公の惚《とぼ》けた人間性にクスッと笑っていただけたら、これ以上作者冥利《みょうり》に尽きることはありません！

ですが何と言っても見処《みどころ》はイラストレーターの灯《あかし》様に描いていただきました魅力的なイラスト、挿絵であります！　イラストだけでもお手に取っていただく価値ありです！

著者的にはおじさんですがローガンさんのキャラデザが特にお気に入りです。このおっさん、格好良いです。

担当林《はやし》様にも改稿、アイデア出し、イラスト案出し等々、ちょっとここでは挙げきれないほどお世話になり、頭が上がりません。

他、様々な方々のご尽力を賜りまして、無事本作を書籍という形で世に送り出すことができました。ありがとうございます！

そしてWeb版からの読者様方も、書籍版からの読者様方も、本作を読み、あるいは手に取っていただいた全ての読者様方にこそ最大限の感謝を捧《ささ》げます。

願わくば次巻で再びお目にかかれますように。

お便りはこちらまで

〒一〇二―八一七七
ファンタジア文庫編集部気付
天然水珈琲（様）宛
灯（様）宛

富士見ファンタジア文庫

極《きょく》剣《けん》のスラッシュ
~初級《しょきゅう》スキル極《きわ》めたら、いつの間《ま》にか迷宮《めいきゅう》都《と》市《し》最強《さいきょう》になってたんだが~

令和6年1月20日　初版発行

著者――天然水珈琲《てんねんすいこーひー》

発行者――山下直久
発　行――株式会社KADOKAWA
〒102-8177
東京都千代田区富士見2-13-3
0570-002-301(ナビダイヤル)
印刷所――株式会社暁印刷
製本所――本間製本株式会社

※定価はカバーに表示してあります。
●お問い合わせ
https://www.kadokawa.co.jp/ (「お問い合わせ」へお進みください)
※内容によっては、お答えできない場合があります。
※サポートは日本国内のみとさせていただきます。
※Japanese text only

ISBN978-4-04-075303-4 C0193　◇◇◇

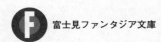

切り拓け！キミだけの王道
ファンタジア大賞
原稿募集中！
賞金
《大賞》300万円
《金賞》50万円
《銀賞》30万円
選考委員
細音啓 「キミと僕の最後の戦場、あるいは世界が始まる聖戦」
橘公司 「デート・ア・ライブ」
羊太郎 「ロクでなし魔術講師と禁忌教典《アカシックレコード》」
ファンタジア文庫編集長
前期締切 8月末日
後期締切 2月末日
公式サイトはこちら！ https://www.fantasiataisho.com/